瑞蘭國際

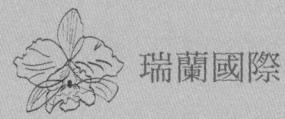

瑞蘭國際

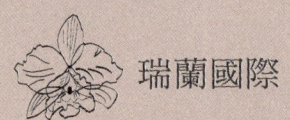

السَّلَامُ عَلَيْكُم

超入門
阿拉伯文字母教室

鍾念雩 著

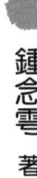

作者序

歡迎各位讀者親臨阿拉伯文的世界！標準阿拉伯文的歷史悠久，乘載豐富的文明遺產。如今，這門語言亦是世界上22個阿拉伯國家的官方語言，以及57個伊斯蘭國家、17億穆斯林在宗教上的共同語言。有鑑於穆斯林人口每年持續增加，可以預見的是，標準阿拉伯文使用的人口勢必與日俱增，所以其重要性自然不言而喻。如果有人想深入理解阿拉伯國家的種種卻不得其門而入時，我認為學習書面阿拉伯文便是那把打開阿拉伯文化之門的祕密鑰匙。如果想獲得這把鑰匙，那就從接觸阿拉伯文字母開始吧！且讓阿拉伯文字母的魅力，像乳香的謎樣氣味、或是像異國情調的阿拉伯音樂一般，勾起你一探阿拉伯文化祕境的渴望！

回顧歷史，阿拉伯文字母的書寫方式一開始並不包括字母中的點，直到著名的阿拉伯語法學者أَبُو الأَسْوَد الدُّؤَلِيّ（阿布・阿斯瓦德・杜阿里；Abu al-Aswad al-Duali, 603-688 A.D.），為阿拉伯文字母加上了上方和下方的點，藉以區分各個字母，避免因字母寫法相同、發音卻不同而造成閱讀混淆。之後阿拉伯文字母的書寫方式才固定下來。

阿拉伯文的字母除了單一字母的獨立型寫法外，依據其在詞彙中的位置，還分為字首、字中、字尾的不同寫法。學習時，只要將不同字母連寫後，再搭配6個母音發音符號、2個輔助發音符號，就可以正確無誤地念出每個詞彙的發音了。所以，字母是詞彙的基本單位，也是學習區別發音差異的重要工具，一定要熟練喔！

《超入門阿拉伯文字母教室》一書不僅介紹了阿拉伯文的28個字母、6個母音發音符號、2個輔助發音符號；提供了格線讓初學者習寫字母、單字、句子，還整理出阿拉伯國家名稱、家庭成員稱謂、蔬菜

水果名稱、問候語等相關的單字和完整語句，讓初學者亦步亦趨、循序漸進地熟悉阿拉伯文字母和句子的寫法。讀完本書後，既可自我介紹，也可以一窺阿拉伯文中詞彙、表達方式的特殊性，並輕鬆熟記常用的單字和片語。

《超入門阿拉伯文字母教室》有以下特色：

1. 以「羅馬拼音」標示阿拉伯文的字母名稱以及字母發音，讓初學者立刻上手。

2. 精心繪製了筆順、格線，清楚交代每個字母的書寫順序和比例大小，以降低阿拉伯文字母的學習門檻，並減輕初學者對陌生字母的恐懼和抗拒心理，進而提升初學者的學習信心和學習成效。

3. 若初學者還能搭配隨書附上的音檔一起學習，一定能學到字正腔圓的發音，讓聽、說、讀、寫齊頭並進，為往後繼續深入學習阿拉伯文奠定紮實的基礎！

هَيَّا بِنَا （我們出發吧！）現在，讓我們一起踏上學習阿拉伯文的旅途！

鍾念雩

如何使用本書

說說看
學完字母，立刻將字母發音運用於例字當中，加深印象！

聽聽看
聆聽母語人士錄音，聽完後立刻跟讀，立即掌握標準發音！

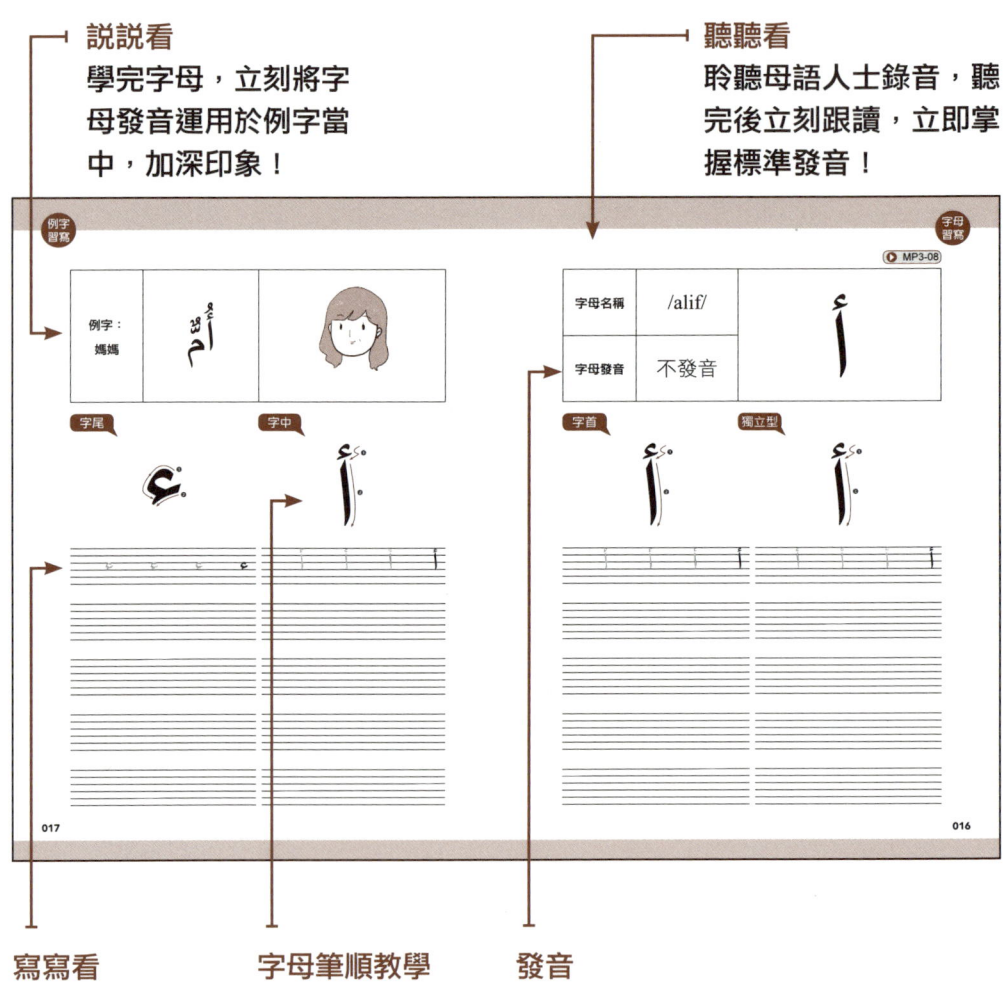

寫寫看
第一行提供字母的灰色筆畫輔助練習，立刻掌握線條比例！

字母筆順教學
依照筆順練習，寫出正確且漂亮的字母線條！

發音
提供字母名稱、字母發音，協助初學者在拼讀單字時釐清兩者的差異！

單字
習寫

MP3-36

اَ+لْ+مَ+غْ+رِ+بُ = المَغْرِبُ

المَغْرِبُ المَغْرِبُ المَغْرِبُ المَغْرِبُ

單字
習寫

MP3-46

كَ+لْ+بٌ = كَلْبٌ （狗）

كَلْبٌ كَلْبٌ كَلْبٌ كَلْبٌ كَلْبٌ كَلْبٌ

句字
習寫

MP3-55

أَ+نَ+ا مَ+رِ+ي+ضٌ = أَنَا مَرِيضٌ.

（我生病了。）

أَنَا مَرِيضٌ أَنَا مَرِيضٌ أَنَا مَرِيضٌ

實用單字及例句：

精選常用單字及短句，習寫後，不僅單字記起來了，熟悉短句之後，還可以和母語人士進行簡單寒暄！

目次

作者序 2

如何使用本書 4

阿拉伯文的語文結構：阿拉伯文標音符號與字母特殊寫法 9

阿拉伯文字母表 14

第一單元：字母習寫

أ（alif）.. 16

ب（bāʾ）.. 18

ت（tāʾ）.. 20

ث（thāʾ）... 22

ج（jīm）.. 24

ح（ḥāʾ）.. 26

خ（khāʾ）.. 28

د（dāl）.. 30

ذ（dhāl）... 32

ر（rāʾ）.. 34

ز（zāy）.. 36

س (sīn)	38
ش (shīn)	40
ص (ṣād)	42
ض (ḍād)	44
ط (ṭāʾ)	46
ظ (ẓāʾ)	48
ع (ʿayn)	50
غ (ghayn)	52
ف (fāʾ)	54
ق (qāf)	56
ك (kāf)	58
ل (lām)	60
م (mīm)	62
ن (nūn)	64
ه (hāʾ)	66
و (wāw)	68
ي (yāʾ)	70

第二單元：分離字母組合練習

阿拉伯國家 72

阿拉伯國家國名習寫 74

家庭成員 86

家族成員習寫 88

動物 96

青菜水果 102

問候 108

第三單元：句子習寫

我的生活 118

如何掃描 QR Code 下載音檔

1. 以手機內建的相機或是掃描 QR Code 的 App 掃描封面的 QR Code。
2. 點選「雲端硬碟」的連結之後，進入音檔清單畫面，接著點選畫面右上角的「三個點」。
3. 點選「新增至「已加星號」專區」一欄，星星即會變成黃色或黑色，代表加入成功。
4. 開啟電腦，打開您的「雲端硬碟」網頁，點選左側欄位的「已加星號」。
5. 選擇該音檔資料夾，點滑鼠右鍵，選擇「下載」，即可將音檔存入電腦。

阿拉伯文的語文結構：
阿拉伯文標音符號與字母特殊寫法

一、阿拉伯文中，有三個配合字母發音的短母音符號，這些符號和字母的發音和相對位置如下：

MP3-01

阿拉伯文標音符號	音標	音標在字母的位置
ـُـ	/u/	بُ
ـَـ	/a/	بَ
ـِـ	/i/	بِ

這三個標音符號可能出現在一個詞彙的任何一個字母上。

阿拉伯文的名詞有三格位：主格、受格、所有格。名詞在一個句子中是主詞的時候，字尾標上主格的音/u/；名詞在句子中是受詞的時候，字尾標上受格的音/a/；名詞在表達所屬關係中時，字尾標上所有格的音/i/。大多數情況下，如果一個名詞沒有冠詞，那麼該名詞的詞尾尾音會在上述的三個短母音的基礎上加上一個鼻音/n/。這時，這三個母音就會變成/un/、/an/、/in/，而陰陽性的一般名詞，在沒有冠詞的情況下，詞尾的尾音寫法差異呈現在受格格位的詞尾。如下所示：

1. 以陽性名詞「書」為例：

MP3-02

所有格 ـٍـ	受格 ـًـ	主格 ـٌـ
...كِتَابٍ 書的…	...كِتَابًا 把書…	...كِتَابٌ 書…

2. 以陰性名詞「學校」為例： MP3-03

所有格 ـــِـ	受格 ـــَةً	主格 ـــُـ
...مَدْرَسَةٍ 學校的…	مَدْرَسَةً 把學校…	مَدْرَسَةٌ 學校…

二、本書出現的標音符號，還有下面兩種：

輕音 MP3-04

發音符號	發音	例字
ـــْـ	不搭配母音發音	مَنْ/كَمْ 誰/多少

疊音 MP3-05

發音符號	例字
ـــّـ	مُعَلِّمٌ 老師

「疊音」由兩個相同的字母組成，第一個字母的發音是輕音，第二個字母則是三個短母音的其中一個。所以「老師」這個字，是由「مُ+عَ+لْ+لِ+مٌ」組合而成。

三、學習阿拉伯文字母前要先了解「هَمْزَة」（ء）、「أَلِف」（ا）的寫法：

本書僅介紹「هَمْزَة」（ء）與「أَلِف」（ا）同時出現在一個單字中時可能的寫法。

010

1. 若「أَلِف」（ا）出現在字首，「هَمْزَة」（ء）在某些情況下必須寫在「أَلِف」上面，比如人稱代名詞「أَنَا」（我）、動詞的現在式第一人稱「أَدْرُسُ」（我讀）；另外的情況則必須省略，比如冠詞「الـ」的「أَلِف」，上面就不會出現「هَمْزَة」（ء）。

2. 當「هَمْزَة」（ء）獨立於「أَلِف」（ا）書寫時，只可能以「ء」的型態出現在單字字中或字尾。

3. 當「هَمْزَة」（ء）寫在「أَلِف」（ا）上面，變成「أ」，後面又緊接一個「أَلِف」（ا）時，兩個符號「أ」+「ا」必須連寫成「آ」，如「آسِفٌ」（抱歉）。

4. 「أَلِف」的直立型態（ا），可能出現在字首、字中、字尾。然而「ياء」型態的「أَلِف」—「ى」只可能出現在字尾，如人名「لَيْلَى」（蕾拉）。「ياء」型態的「أَلِف」（ى）和字母「ياء」（ي）的書寫差異在於前者相較於字母「ياء」（ي），僅僅少了下面兩個點。

四、字母「ع」、「غ」位於字中、字尾時的書寫注意事項：

這兩個字母位於字中、字尾時，上方在書寫過程中會形成兩個「空心的」倒三角形。可是因為電腦字體的線條比較粗的關係，在印刷時，「ع」字中、字尾—「ـعـ」、「ـع」以及「غ」字中、字尾—「ـغـ」、「ـغ」的空心倒三角形會被粗線條填滿，所以各位有可能誤以為兩個倒三角形原本是「實心的」。實際上，各位用鉛筆或原子筆習寫這兩個字母字中、字尾的筆劃時，直接按照筆順，寫出「空心的」倒三角形即可，千萬不要浪費時間把空心的部分用各種筆畫填滿，這一點也不必要。

五、標音符號「ˀ」的意涵：

該符號出現在單字中時會造成額外停頓，形成一個獨立音節，也就是發音時氣流在喉嚨處突然中斷，突然停頓後再發下一個字母的音。例如「bā」是一個音節，「bāˀ」是兩個音節。

六、聆聽錄音時的小叮嚀：

1. 聆聽字母錄音檔時，第一個發音是「字母名稱」，第二個才是字母的「發音」。

2. 在念到一般名詞時，字尾念的是「主格」，但是在口語中，阿拉伯語人士常常將名詞的尾音省略不念，也就是說，字尾都是念輕音「ـْ」，在介紹字母的例字時，會聽到帶鼻音的「主格」發音/un/；至於念到帶冠詞的專有名詞時，會聽到該名詞不帶鼻音的「主格」發音，也就是/u/的尾音。

3. 每個單字或慣用語的念法，第一次是念完整的「教科書」發音，第二次則是「口語」的發音。如果只念一次，代表兩種發音是一致的。

أَسْمَاءُ الْحُرُوفِ الْعَرَبِيَّةِ

阿拉伯文字母表

MP3-06

音標	字母名稱	字母
(alif)	ألف	أ
(bā’)	باء	ب
(tā’)	تاء	ت
(thā’)	ثاء	ث
(jīm)	جيم	ج
(ḥā’)	حاء	ح
(khā’)	خاء	خ
(dāl)	دال	د
(dhāl)	ذال	ذ
(rā’)	راء	ر
(zāy)	زاي	ز
(sīn)	سين	س
(shīn)	شين	ش
(ṣād)	صاد	ص

MP3-07

音標	字母名稱	字母
(ḍād)	ضاد	ض
(ṭā᾽)	طاء	ط
(ẓā᾽)	ظاء	ظ
(ʿayn)	عين	ع
(ghayn)	غين	غ
(fā᾽)	فاء	ف
(qāf)	قاف	ق
(kāf)	كاف	ك
(lām)	لام	ل
(mīm)	ميم	م
(nūn)	نون	ن
(hā᾽)	هاء	ه
(wāw)	واو	و
(yā᾽)	ياء	ي

字母習寫

MP3-08

字母名稱	/alif/	أ
字母發音	不發音	

字首

獨立型

أ أ أ أ

أ أ أ أ

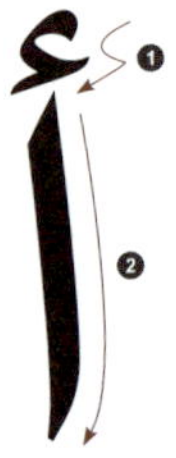

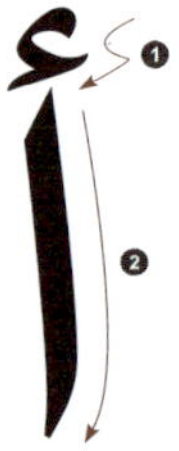

| 例字：媽媽 | أُمّ |  |

字尾

字中

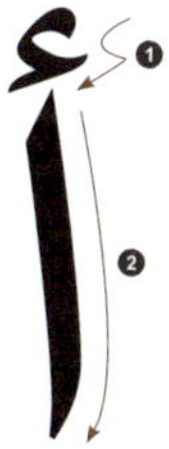

| ء ء ء ء | أ أ أ أ |

017

MP3-09

字母名稱	/bāʾ/	ب
字母發音	/b/	

字首

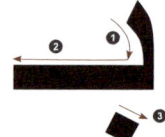

獨立型

بـ بـ بـ بـ

ب ب ب ب

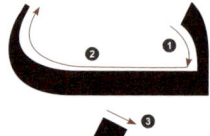

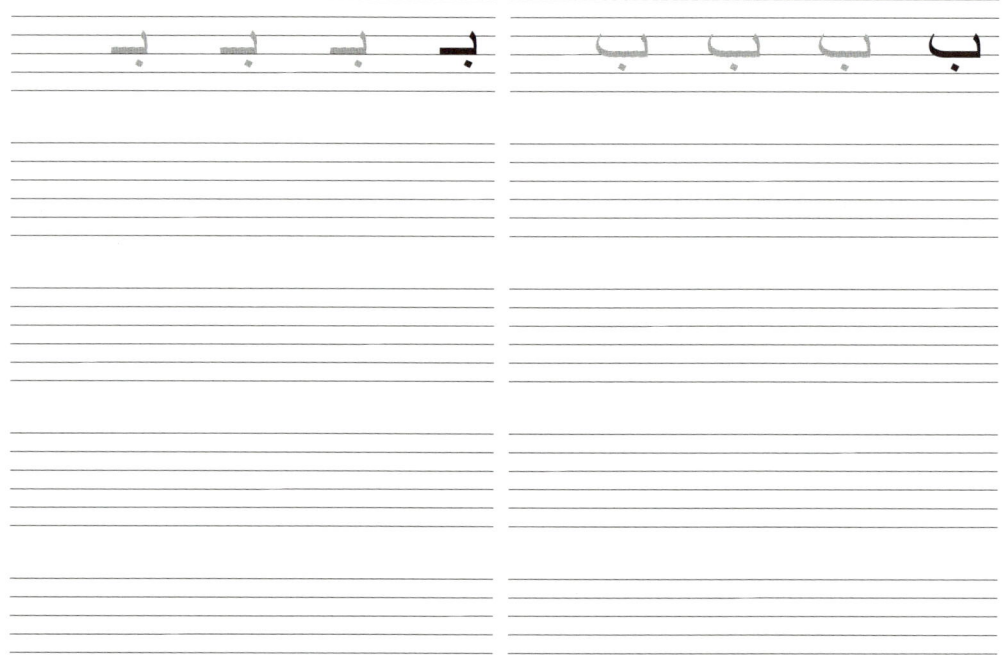

| 例字：門 | بَابٌ |  |

字尾 **字中**

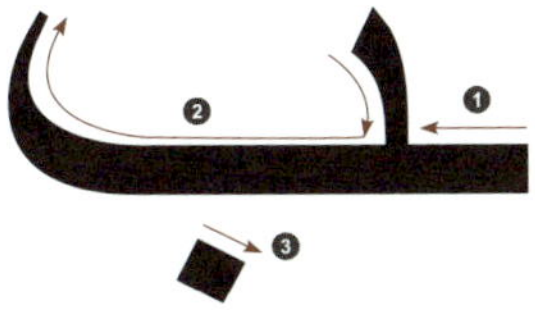

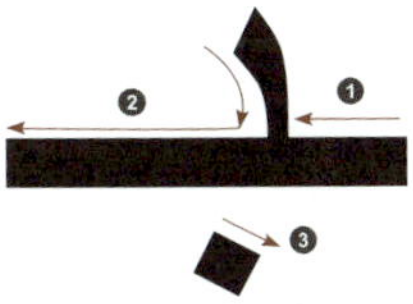

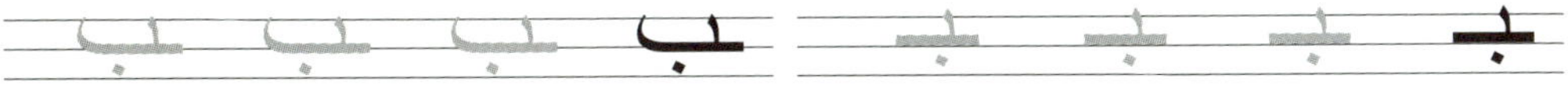

بـ   ـب

MP3-10

字母名稱	/ tāʾ /	ت
字母發音	/t/	

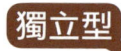

字首

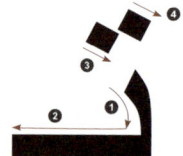

獨立型

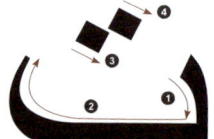

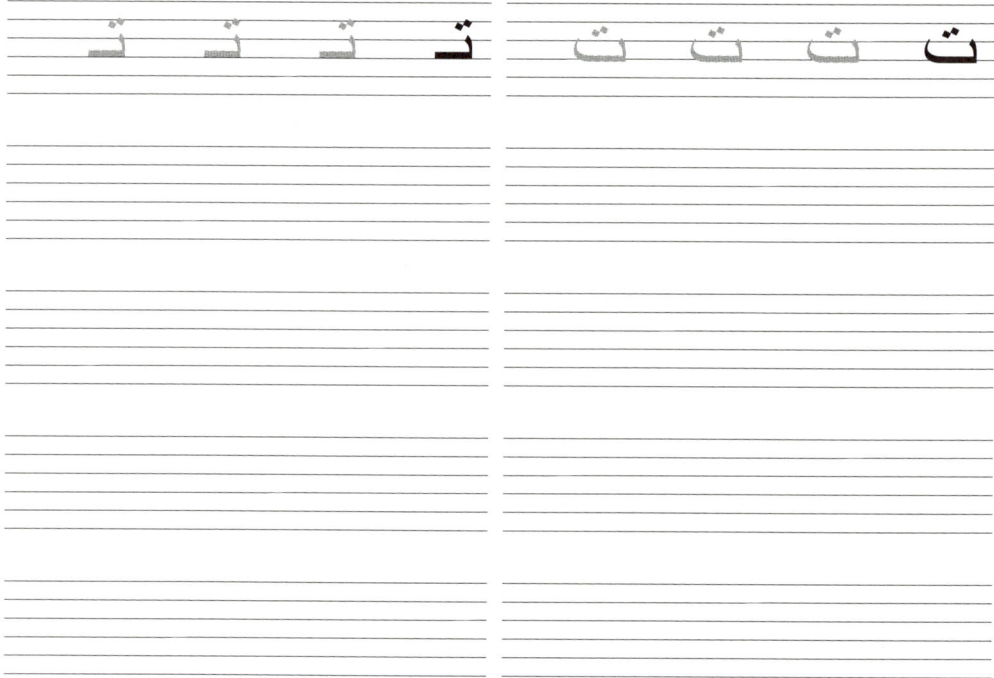

تـ تـ تـ تـ

ت ت ت ت

例字： 蘋果	تُفَّاحٌ	

字尾

字中

ـت ـت ـت ـت

ـتـ ـتـ ـتـ ـتـ

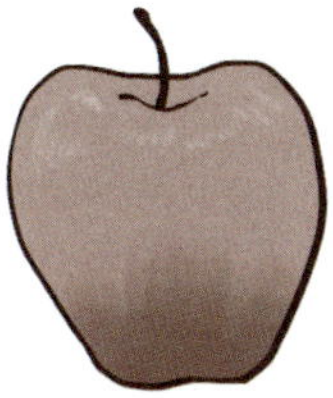

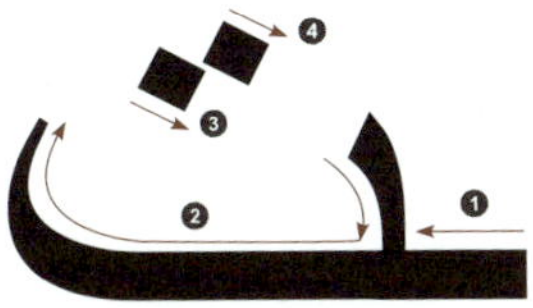

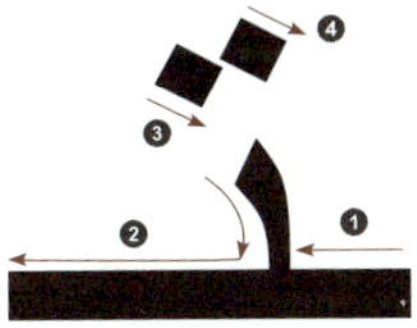

MP3-11

字母名稱	/thāʾ/	ث
字母發音	/th/	

字首

獨立型

ثـ ثـ ثـ ثـ

ث ث ث ث

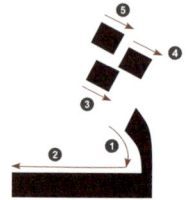

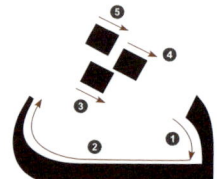

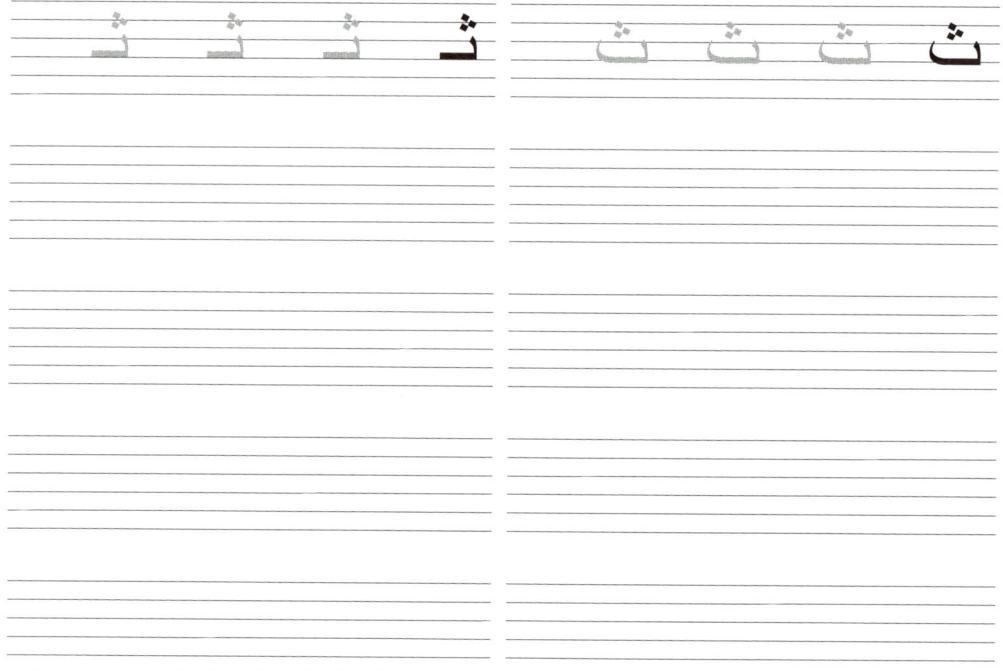

例字： 蒜頭	ثَوْمٌ	

字尾

字中

ـث ـث ـث ـث

ـثـ ـثـ ـثـ ـثـ

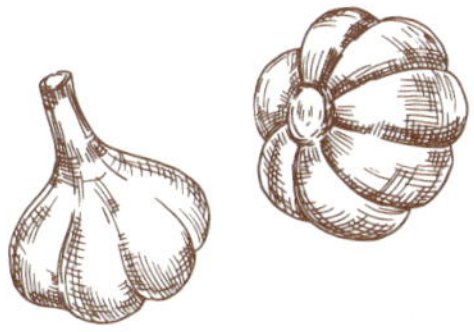

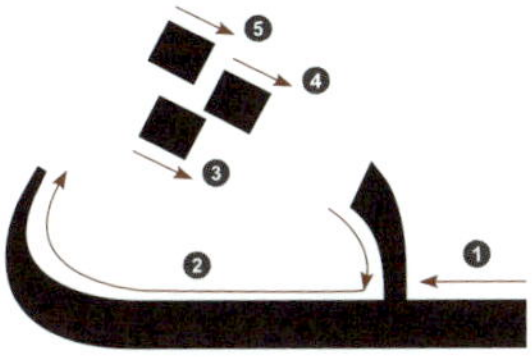

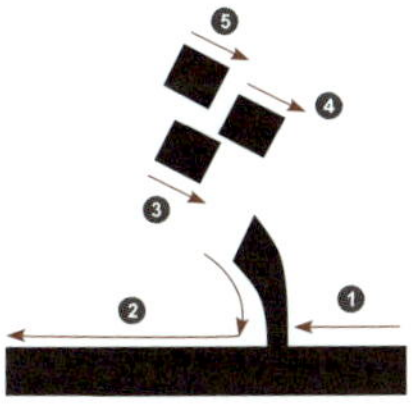

MP3-12

字母名稱	/jīm/	ج
字母發音	/j/	

字首

獨立型

جـ جـ جـ جـ

ج ج ج ج

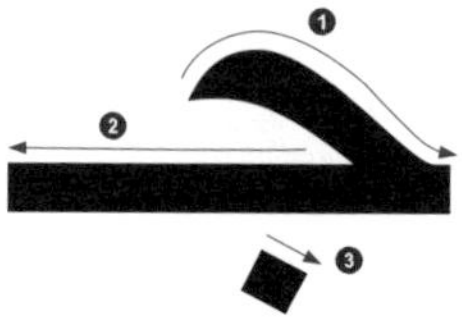

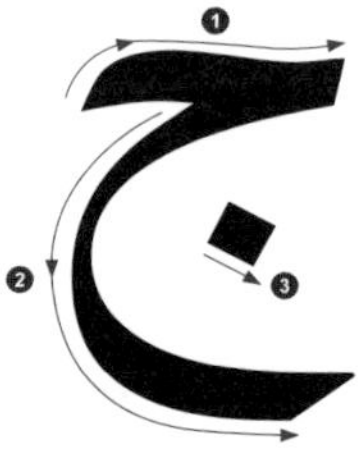

字母習寫

例字： 漂亮的	جَمِيلٌ	

字尾

字中

ـج ـج ـج ـج

ـجـ ـجـ ـجـ ـجـ

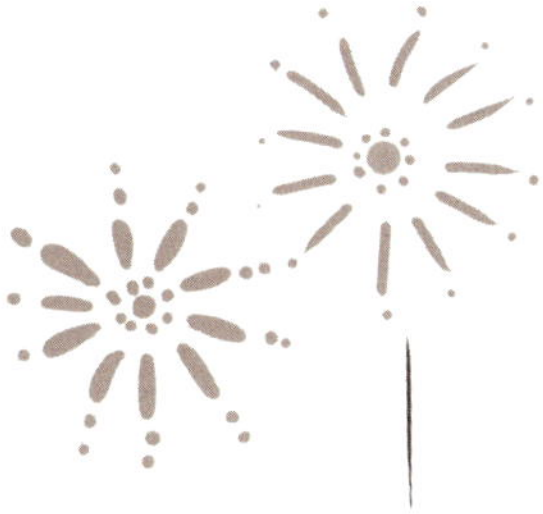

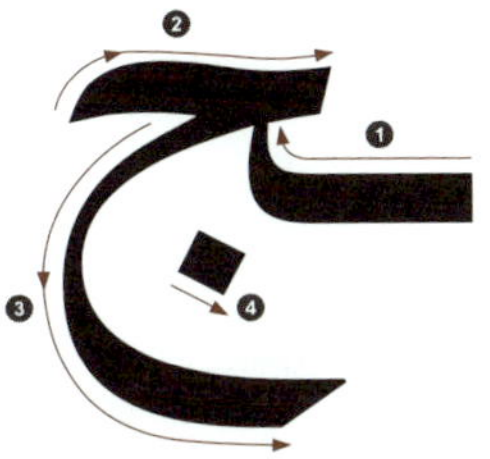

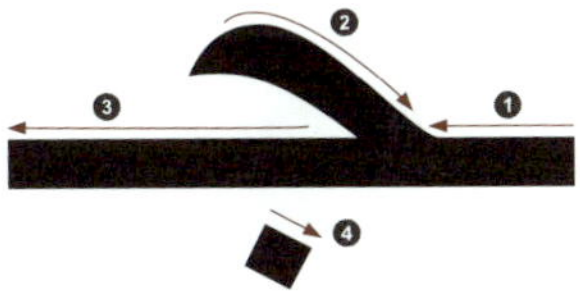

MP3-13

字母名稱	/ḥāʾ/
字母發音	/ḥ/

ح

字首

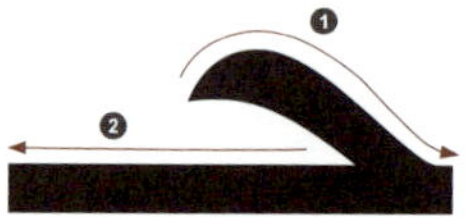

ح

獨立型

ح

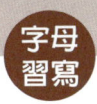

例字： 鞋子	حِذَاءٌ	

字尾

字中

ـح ـح ـح ـح

ـحـ ـحـ ـحـ ـحـ

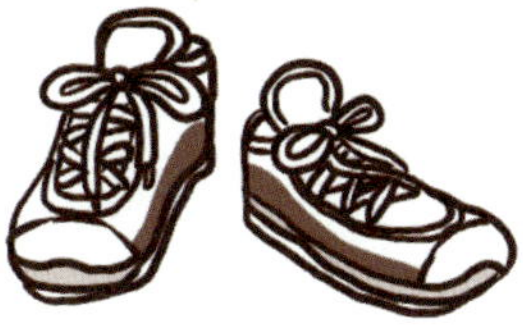

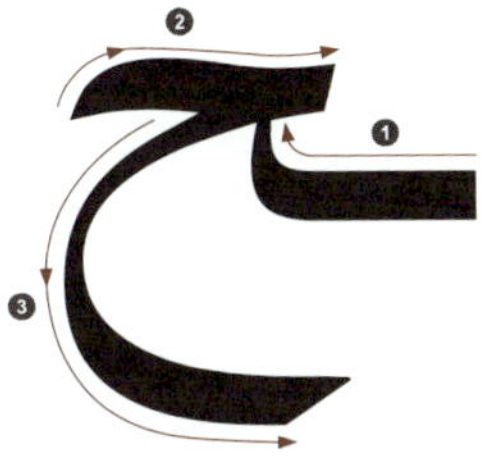

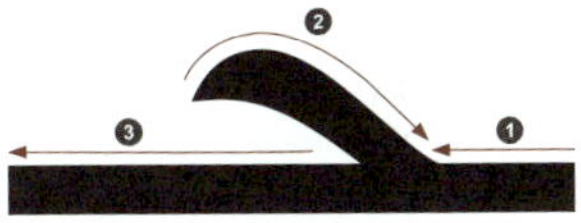

MP3-14

字母名稱	/khā'/	خ
字母發音	/kh/	

字首

獨立型

خـ خـ خـ خـ

خ خ خ خ

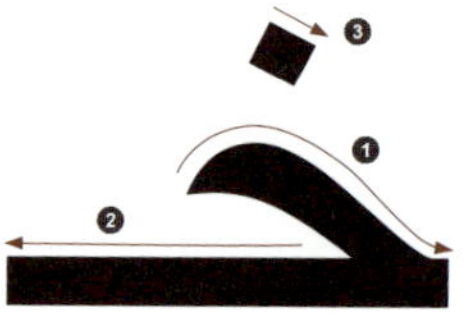

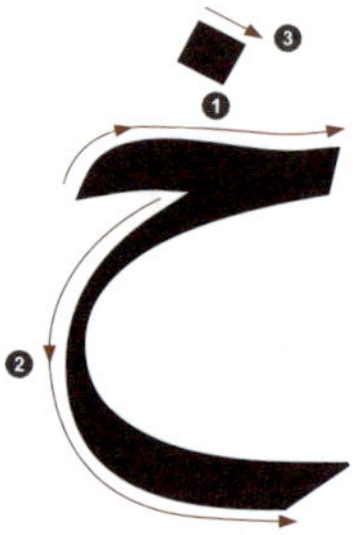

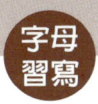

例字： 麵包	خُبْزٌ	

字尾

ـخ ـخ ـخ ـخ

字中

ـخـ ـخـ ـخـ ـخـ

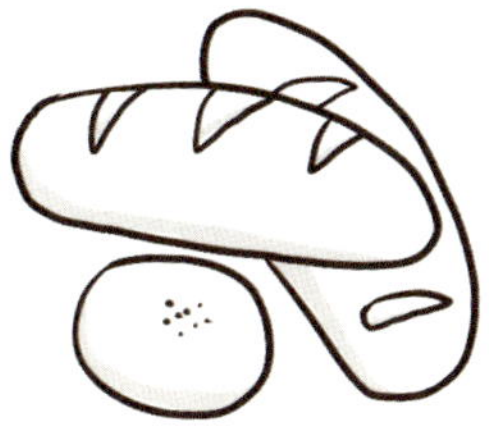

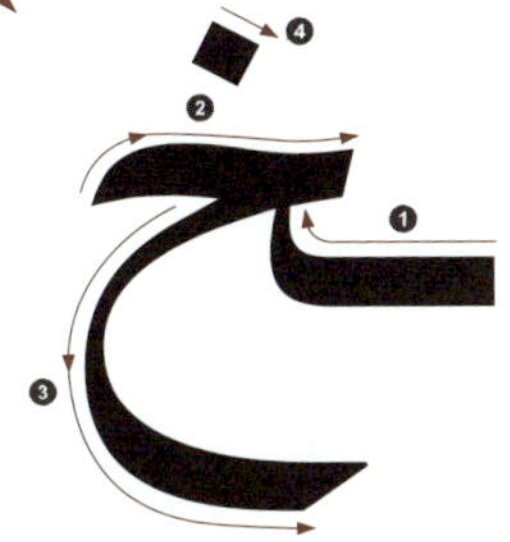

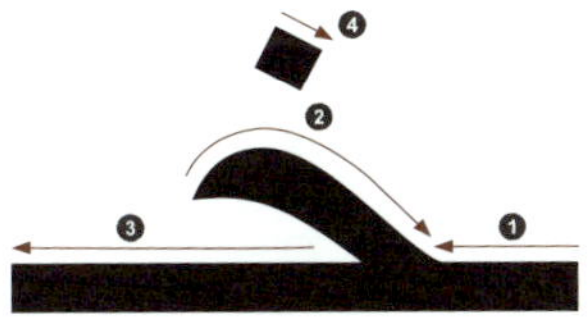

MP3-15

字母名稱	/dāl/	د
字母發音	/d/	

字首

獨立型

دـ

د

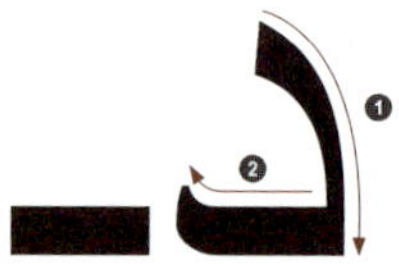

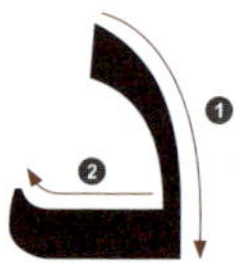

例字： 雞	دَجَاجٌ	

字尾

字中

ـد ـد ـد ـد

ـدـ ـدـ ـدـ ـدـ

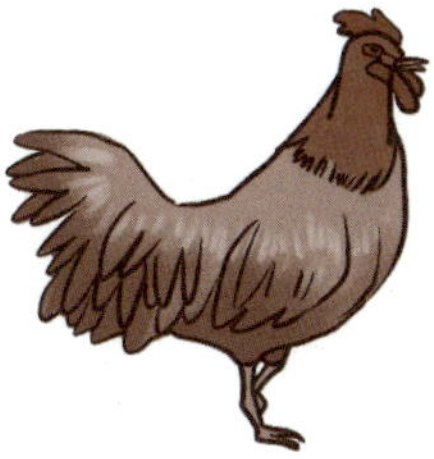

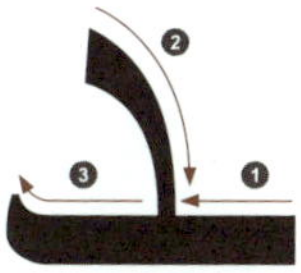

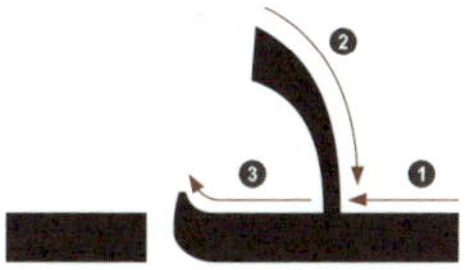

MP3-16

字母名稱	/dhāl/	ذ
字母發音	/dh/	

字首

獨立型

ذـ ذـ ذـ ذـ

ذ ذ ذ ذ

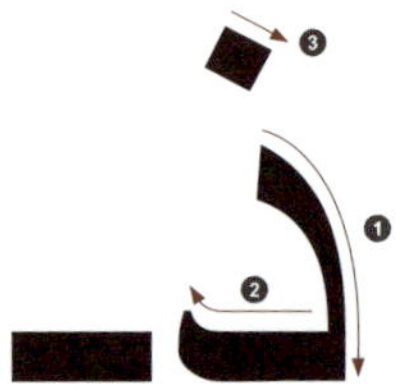

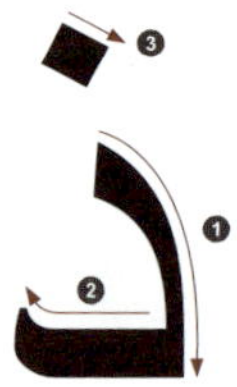

例字：玉米	ذُرَة	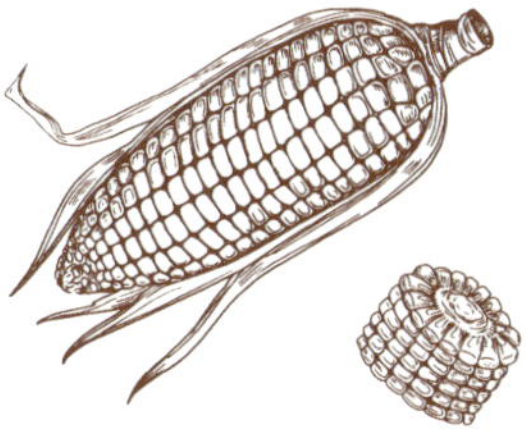

字尾

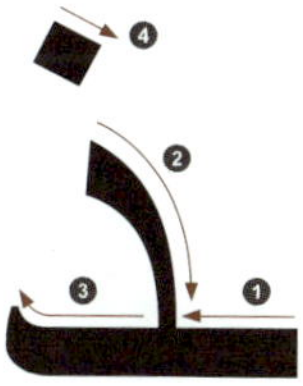

字中

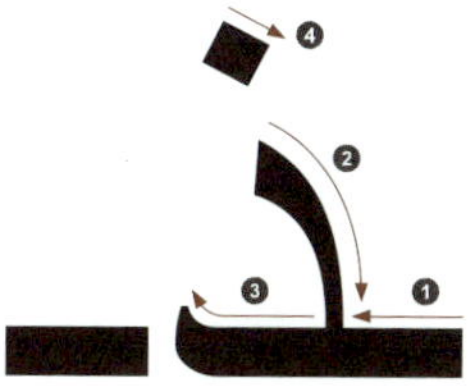

ذ

ذ

033

字母習寫

▶ MP3-17

字母名稱	/rā'/	
字母發音	/r/	

字首

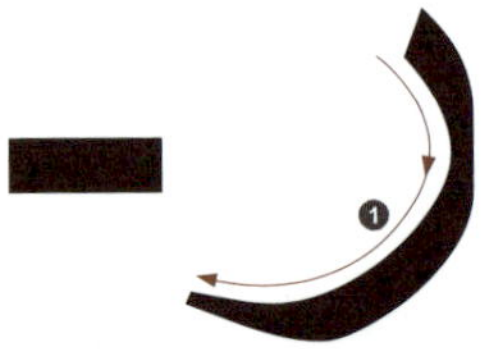

獨立型

例字： 男人	رَجُلٌ	

字尾

字中

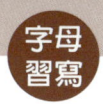

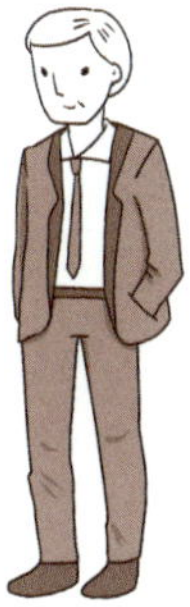

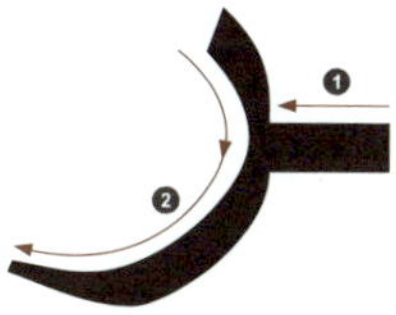

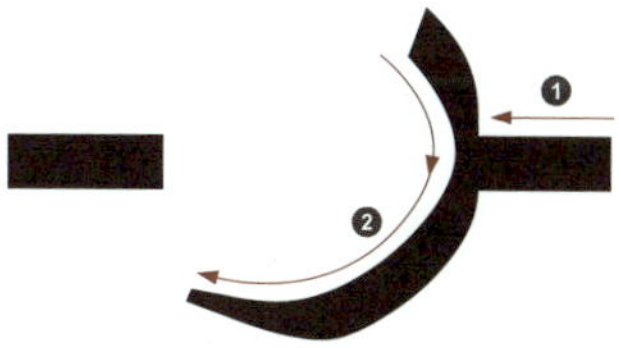

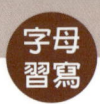

MP3-18

字母名稱	/zāy/	ز
字母發音	/z/	

字首

獨立型

ـز ـز ـز ـز

ز ز ز ز

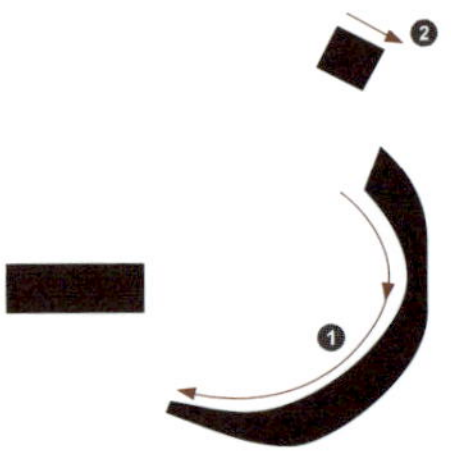

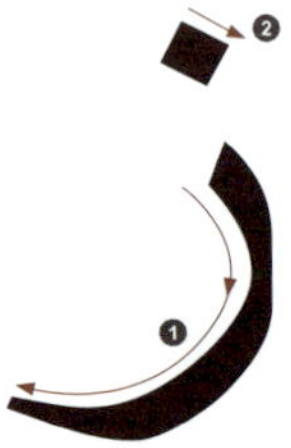

字母習寫

| 例字：花 | زَهْرَةٌ | 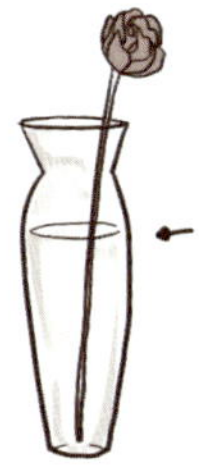 |

字尾   **字中**

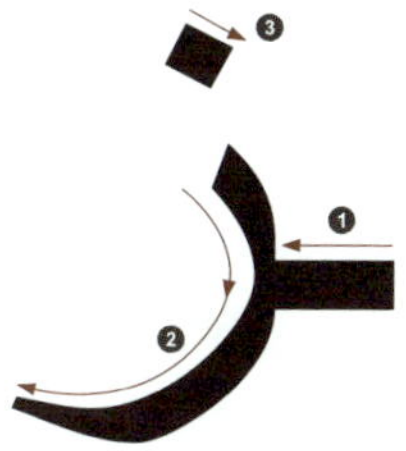

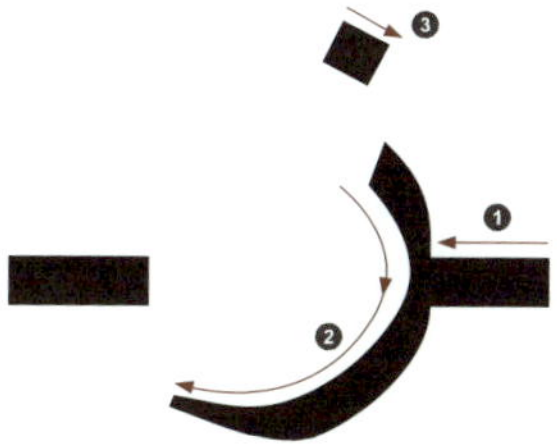

037

MP3-19

字母名稱	/sīn/	س
字母發音	/s/	

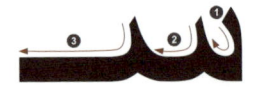

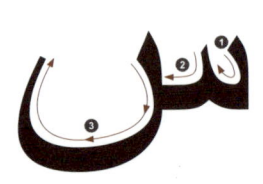

字首

獨立型

سـ سـ سـ سـ

س س س س

例字： 魚	سَمَكَةٌ	

字尾

字中

ـس ـس ـس ـس

ـسـ ـسـ ـسـ ـسـ

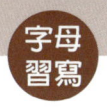

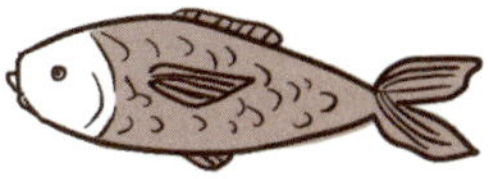

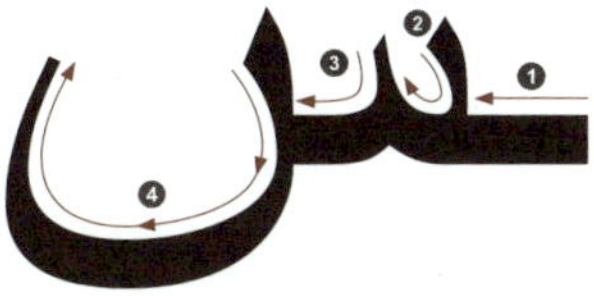

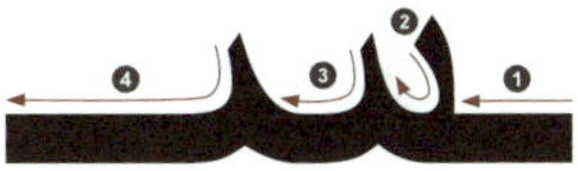

MP3-20

字母名稱	/shīn/	ش
字母發音	/sh/	

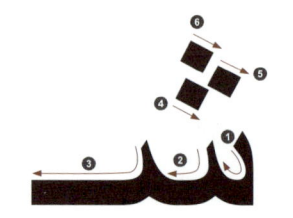

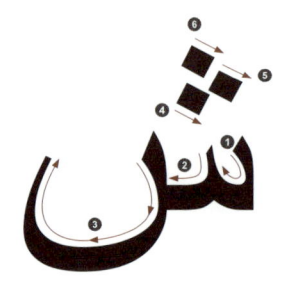

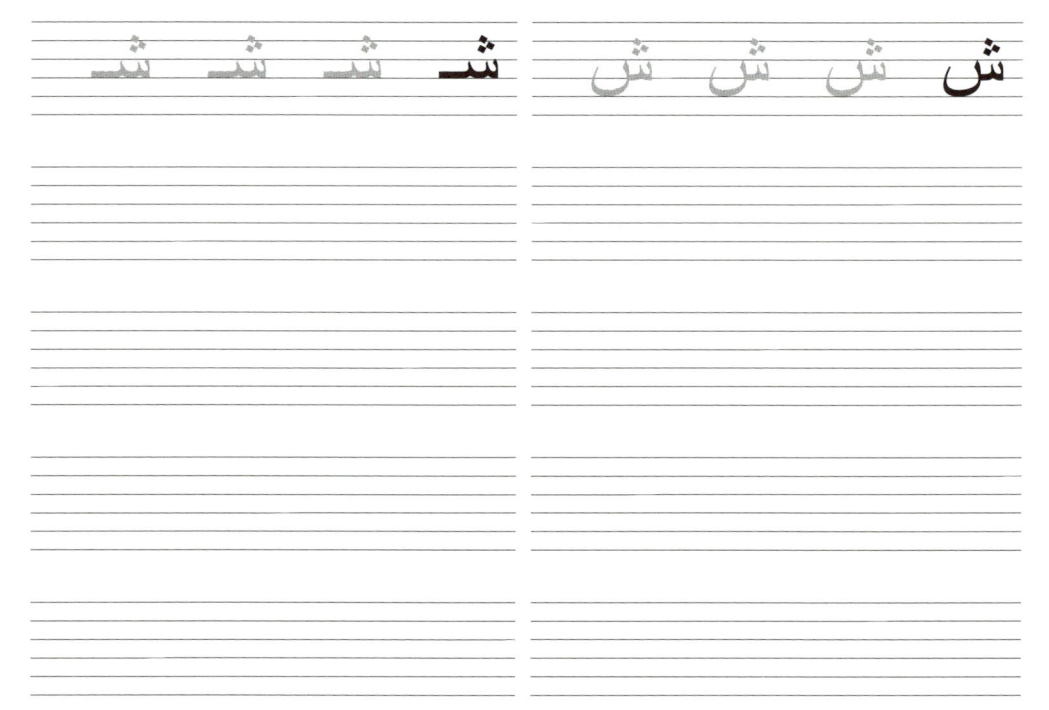

字首

獨立型

شـ شـ شـ شـ

ش ش ش ش

例字： 太陽	شَمْسٌ	

字尾

ـش ـش ـش ـش

字中

ـشـ ـشـ ـشـ ـشـ

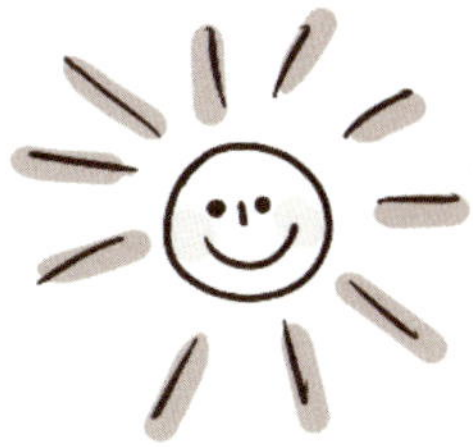

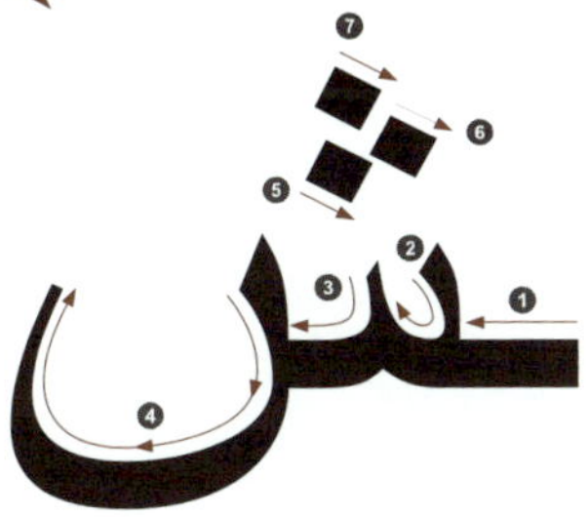

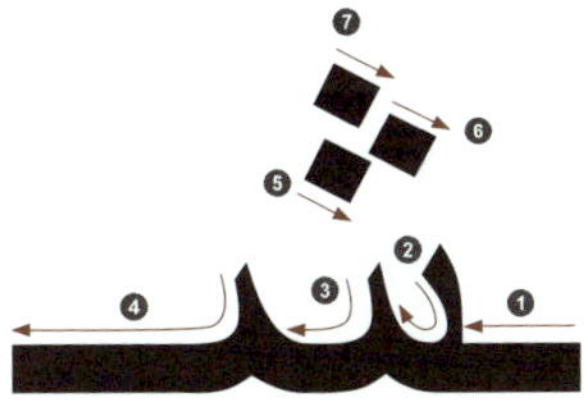

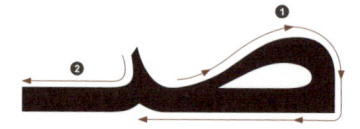

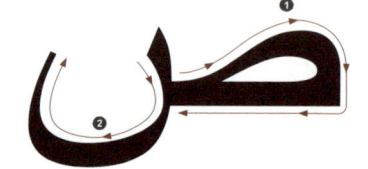

MP3-21

字母名稱	/ṣād/	ص
字母發音	/ṣ/	

字首

獨立型

صـ صـ صـ صـ

ص ص ص ص

例字： 照片	صُورَةٌ	

字尾

字中

ـص ـص ـص ـص

ـصـ ـصـ ـصـ ـصـ

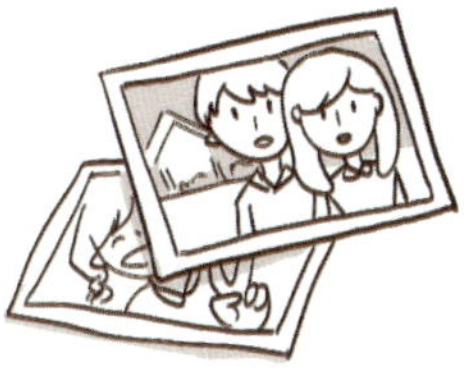

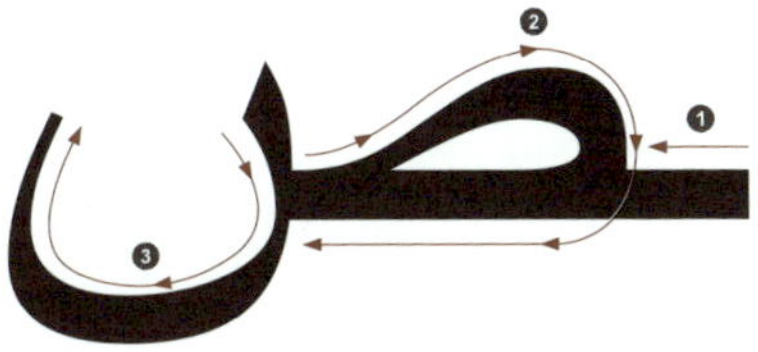

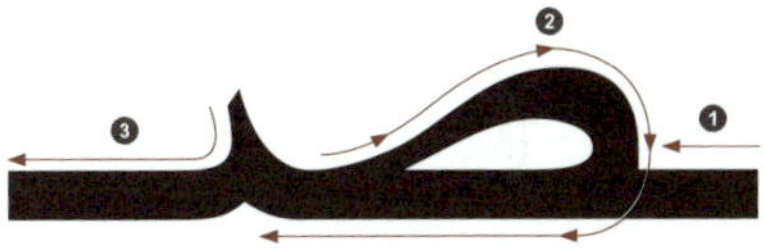

MP3-22

字母名稱	/ḍād/	ض
字母發音	/ḍ/	

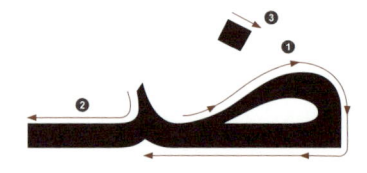

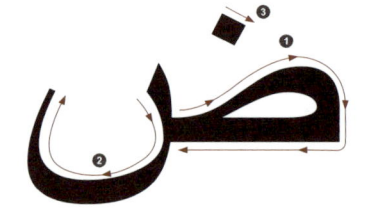

字首

獨立型

ضـ ضـ ضـ ضـ

ض ض ض ض

例字：客人	ضَيْفٌ	

字尾

字中

ـض ـض ـض ـض

ـضـ ـضـ ـضـ ـضـ

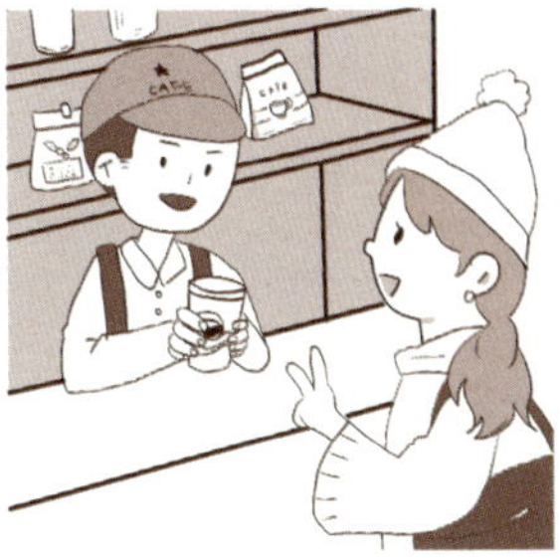

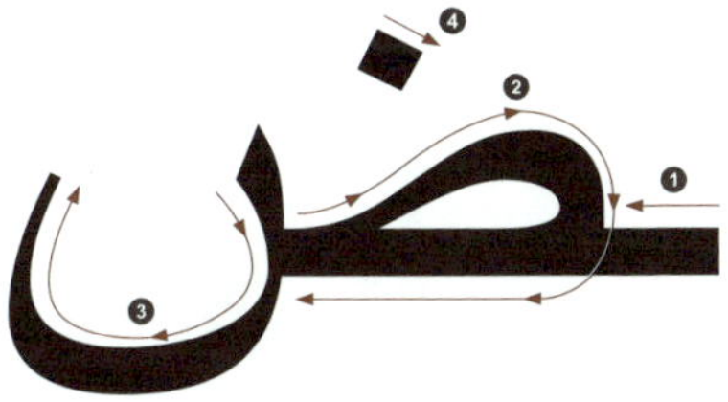

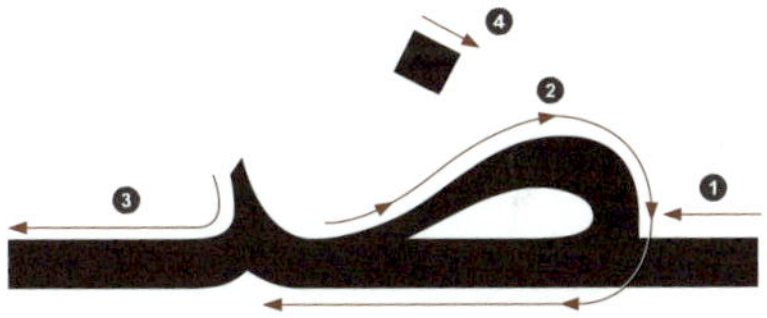

字母習寫

▶ MP3-23

字母名稱	/ṭā'/
字母發音	/ṭ/

ط

字首

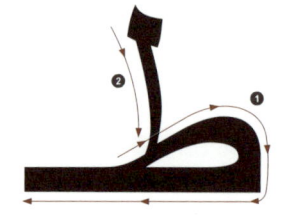

ط

獨立型

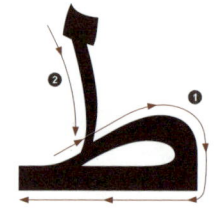

ط

例字： 兒童	طِفْلٌ	

字尾

字中

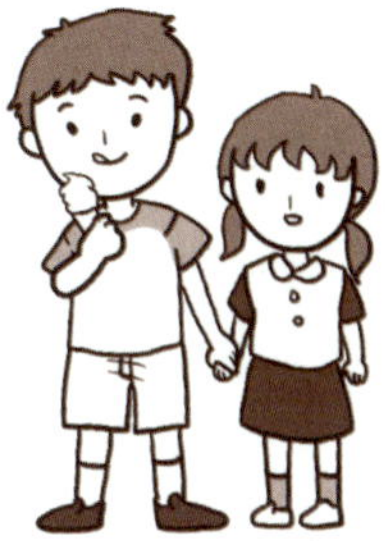

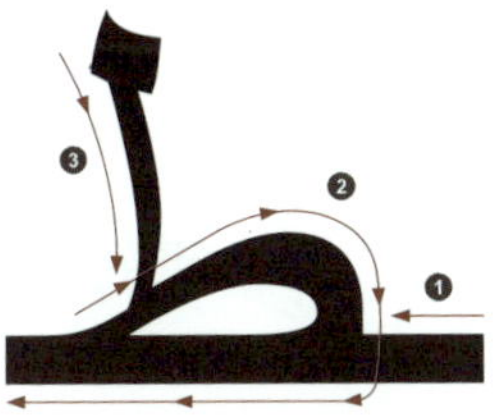

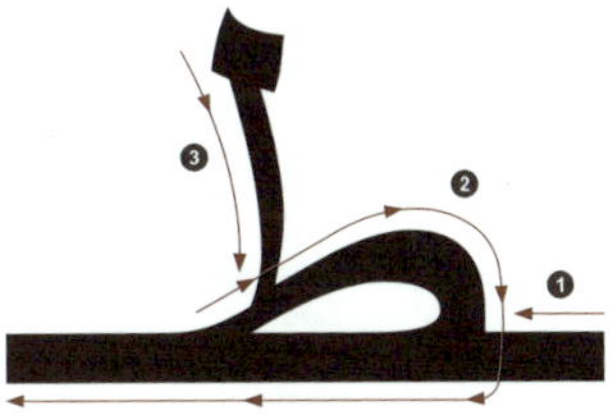

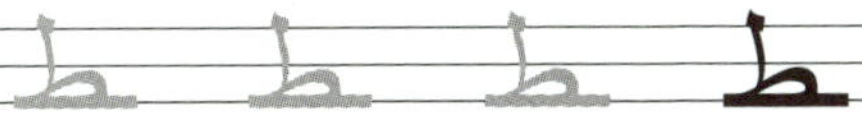

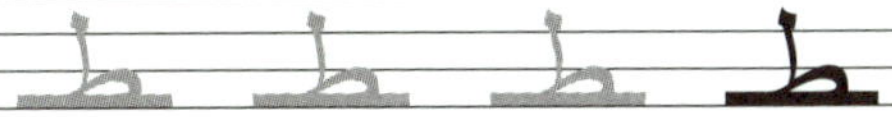

字母習寫

▶ MP3-24

字母名稱	/ẓāʾ/	ظ
字母發音	/ẓ/	

字首

獨立型

字母習寫

例字： 指甲	ظُفْر	

字尾 ظ

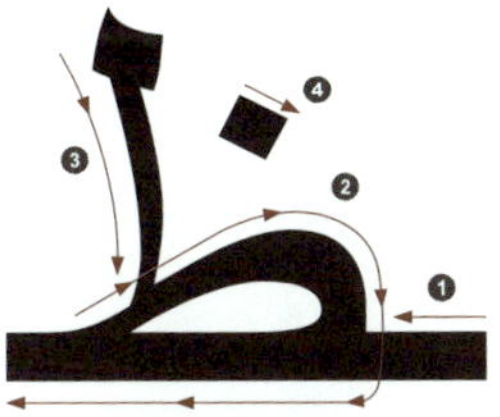

字中 ظ

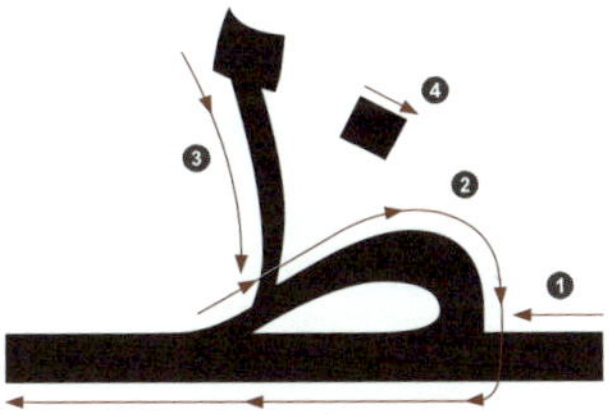

MP3-25

字母名稱	/ʿayn/	ع
字母發音	/ʿa/	

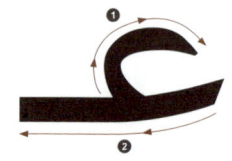

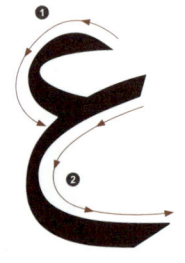

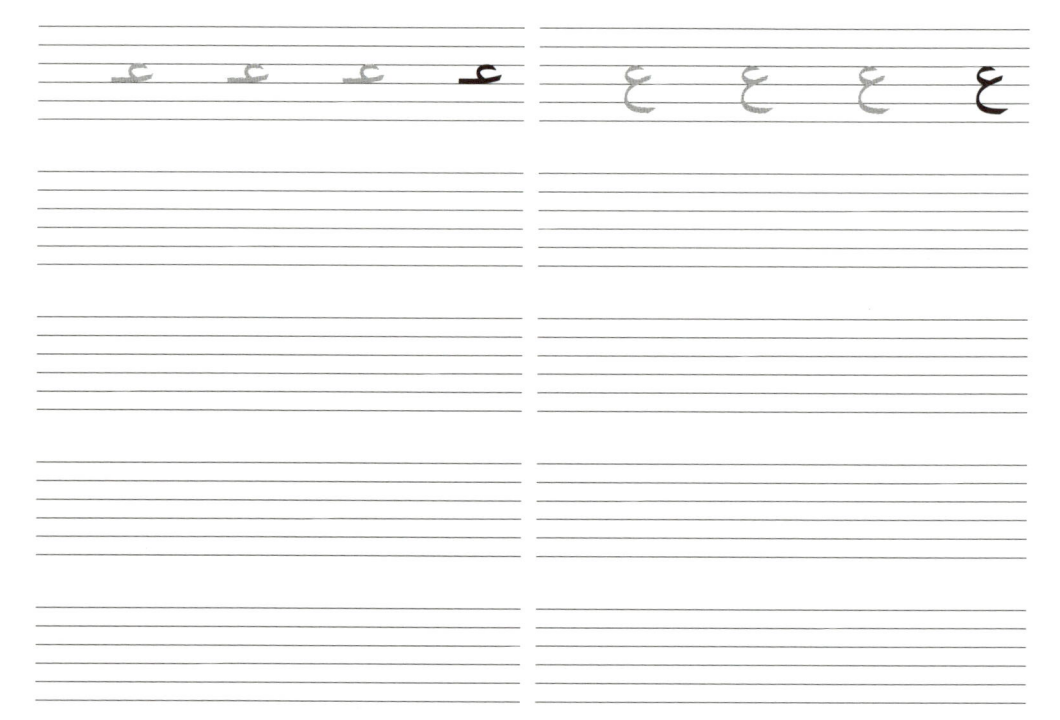

字首

獨立型

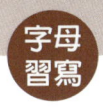

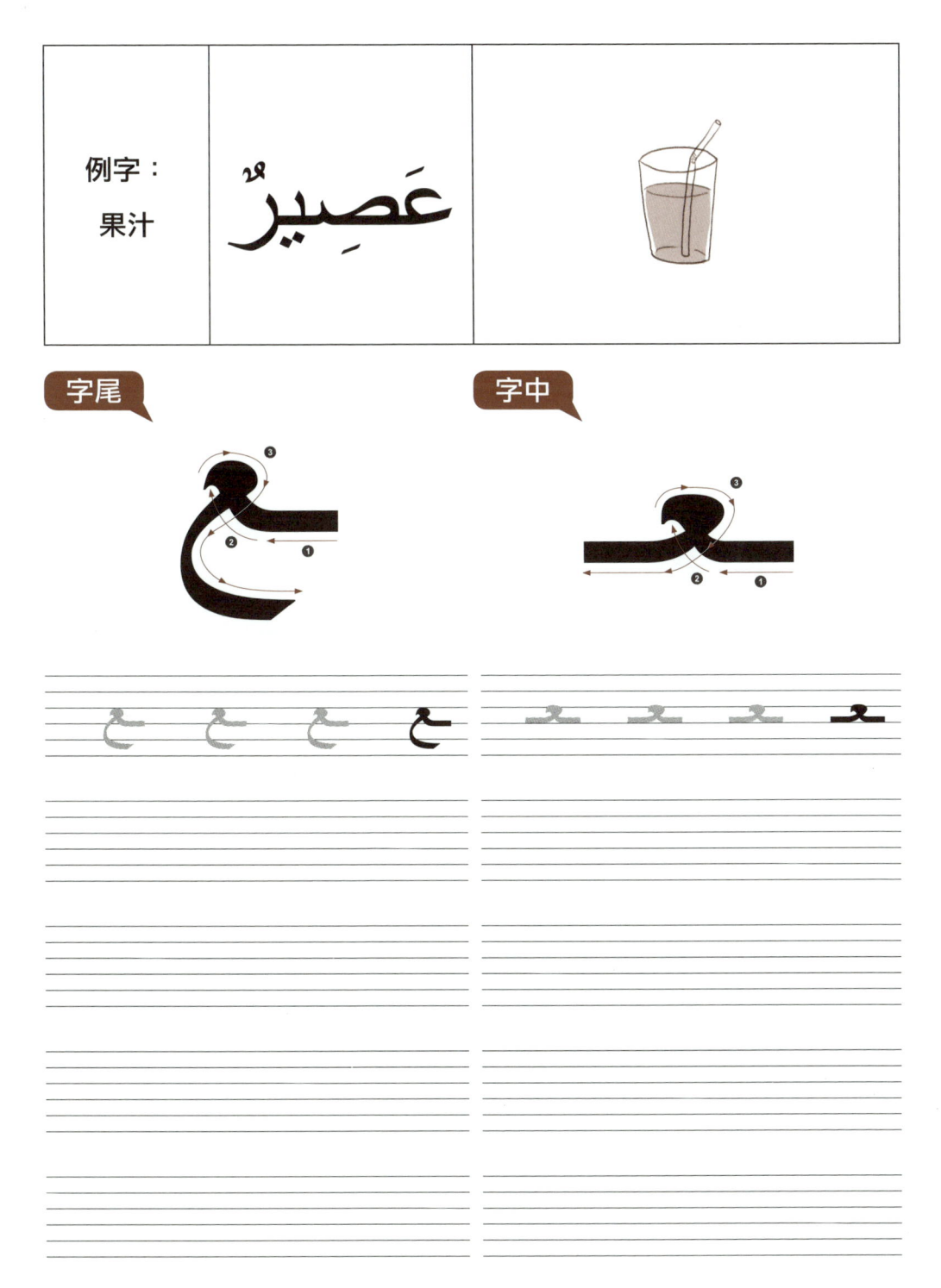

例字： 果汁	عَصِيرٌ	

字尾

字中

ع ع ع ع

ـعـ ـعـ ـعـ ـعـ

字母習寫

▶ MP3-26

字母名稱	/ghayn/	غ
字母發音	/gh/	

字首

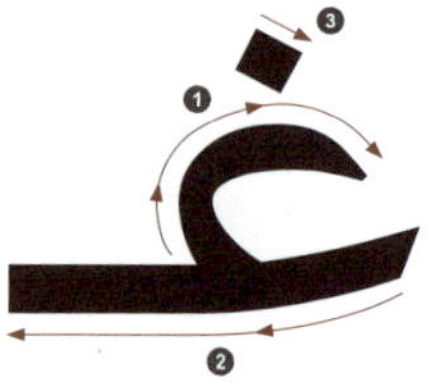

獨立型

غ غ غ غ

غ غ غ غ

052

例字： 房間	غُرْفَةٌ	

字尾

字中

ـغ ـغ ـغ ـغ

ـغـ ـغـ ـغـ ـغـ

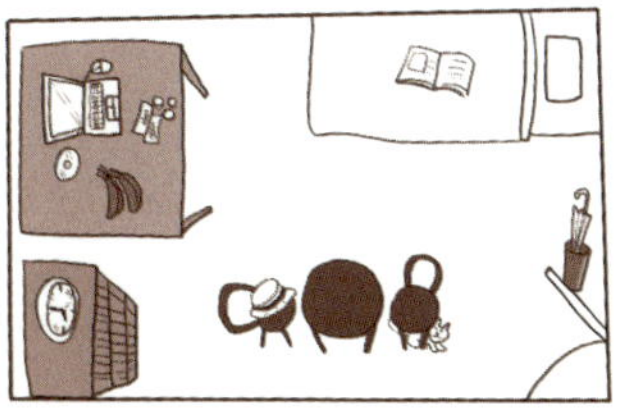

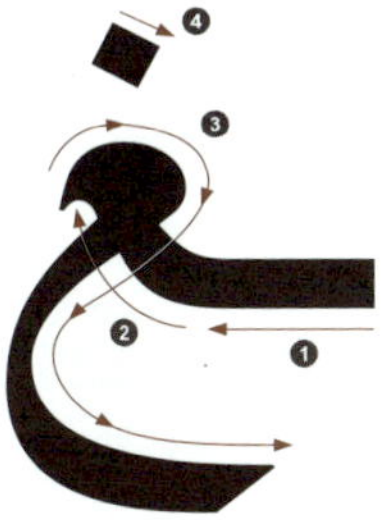

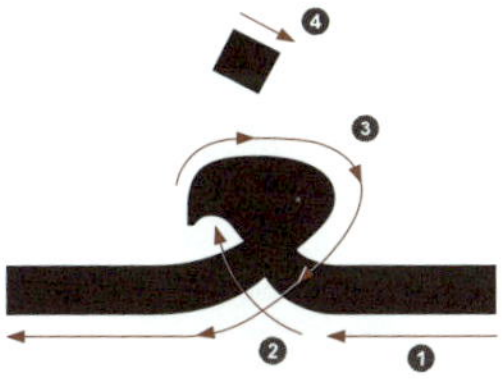

MP3-27

字母名稱	/fāʾ/	ف
字母發音	/f/	

字首

獨立型

ﻓ ﻓ ﻓ ﻓ

ف ف ف ف

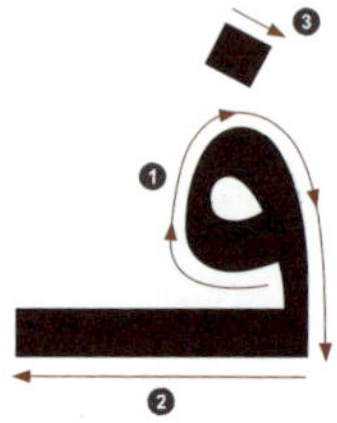

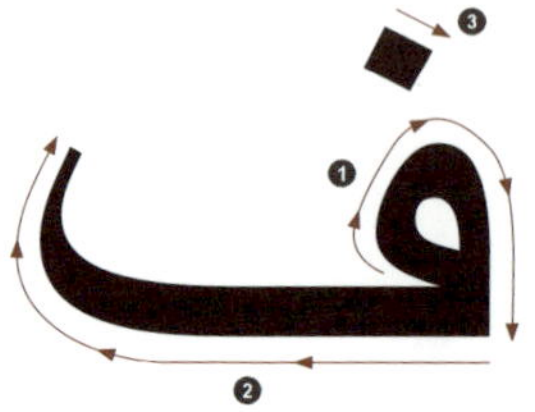

例字： 大象	فِيلٌ	

字尾

ـف ـف ـف ـف

字中

ـفـ ـفـ ـفـ ـفـ

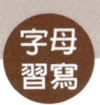

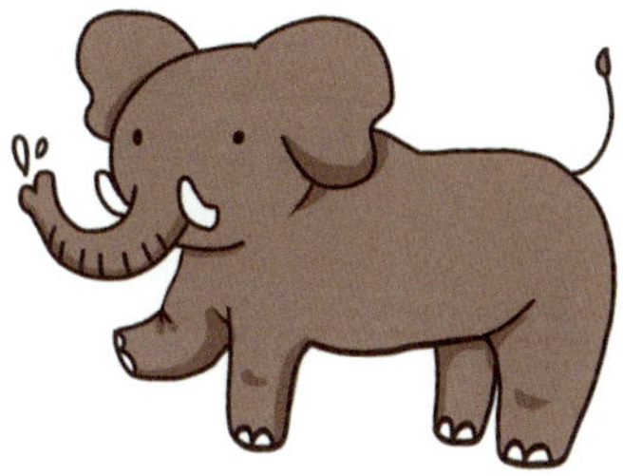

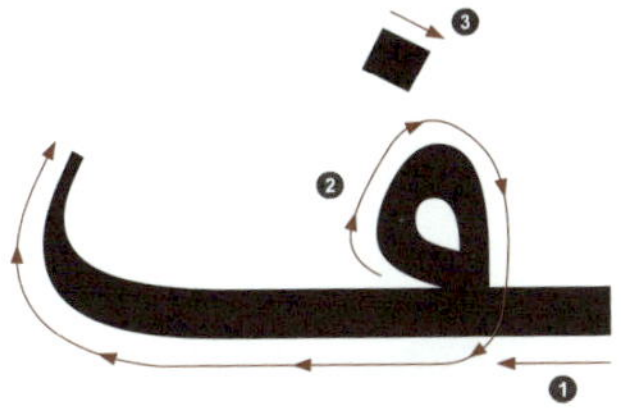

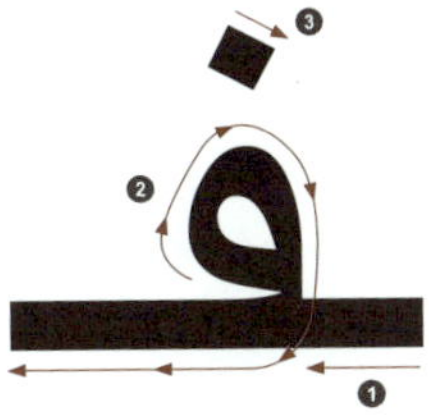

字母習寫

MP3-28

字母名稱	/qāf/
字母發音	/q/

ق

字首

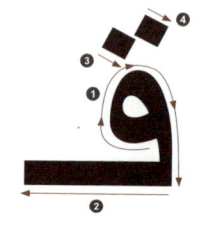

قـ

獨立型

ق

ق ق ق ق

قـ قـ قـ قـ

056

字母習寫

例字：襯衫 قَمِيصٌ

字尾 ق

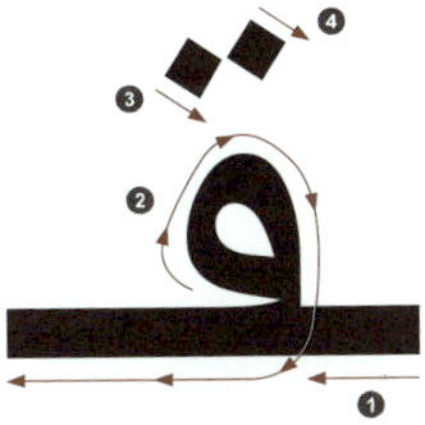

字中 قـ

ق ق ق ق

قـ قـ قـ قـ

057

字母習寫

▶ MP3-29

字母名稱	/kāf/
字母發音	/k/

ك

字首

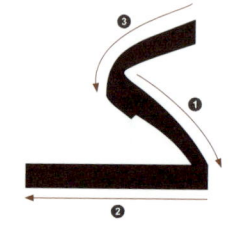

獨立型

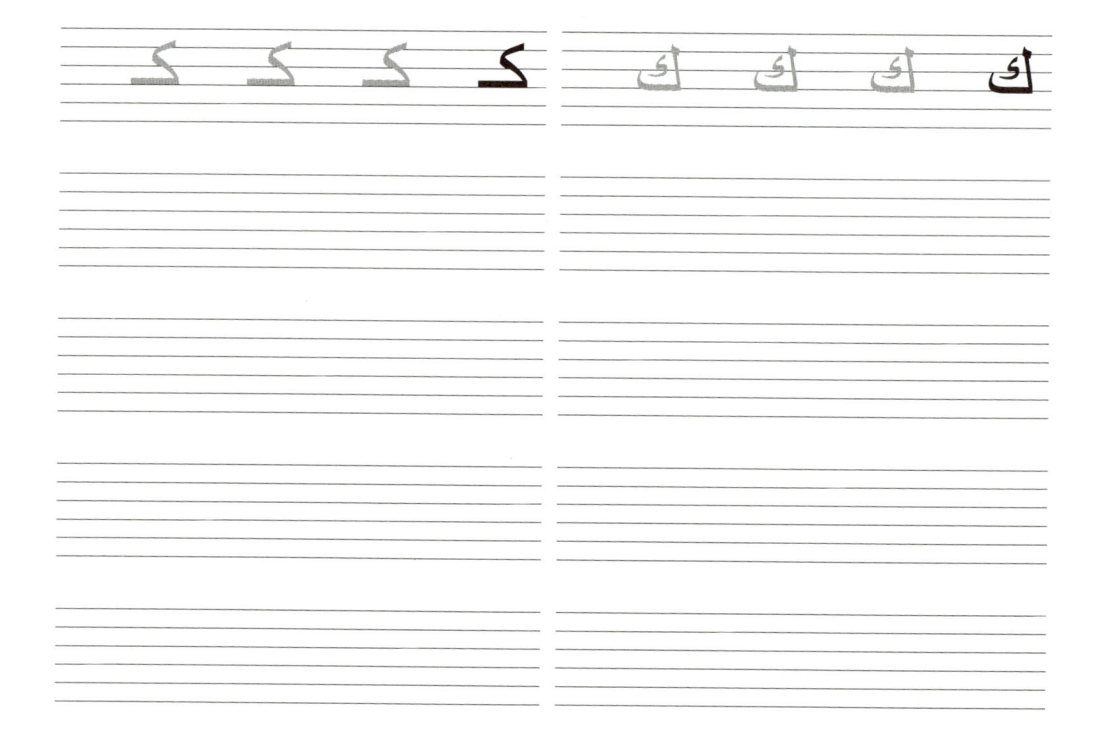

例字： 書	كِتَابٌ	

字尾

字中

ـك ـك ـك ـك

ـكـ ـكـ ـكـ ـكـ

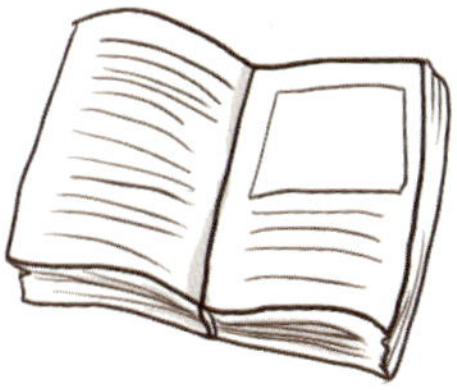

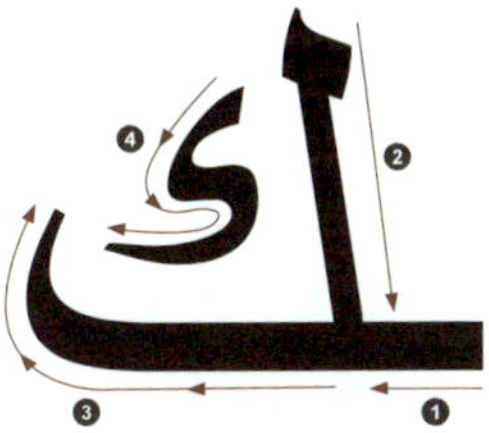

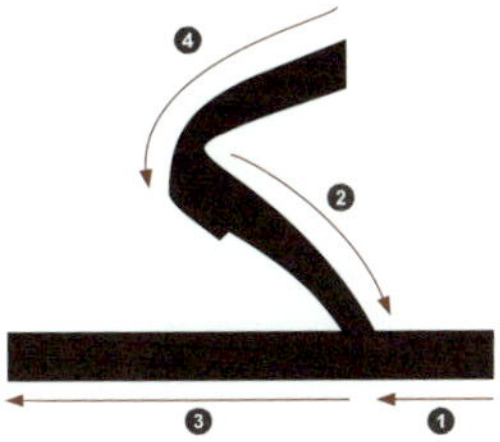

MP3-30

字母名稱	/lām/	ل
字母發音	/l/	

字首

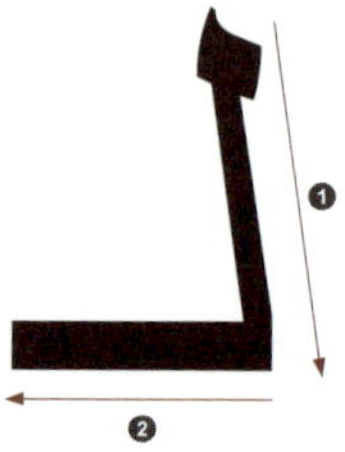

獨立型

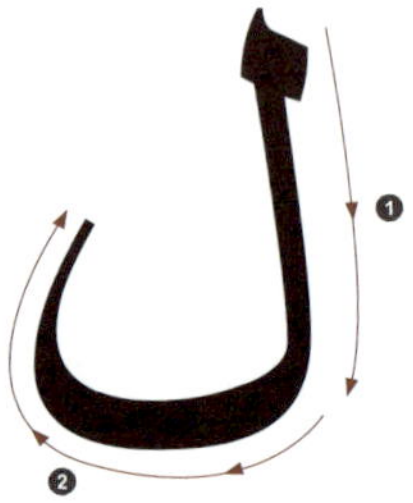

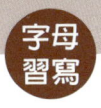

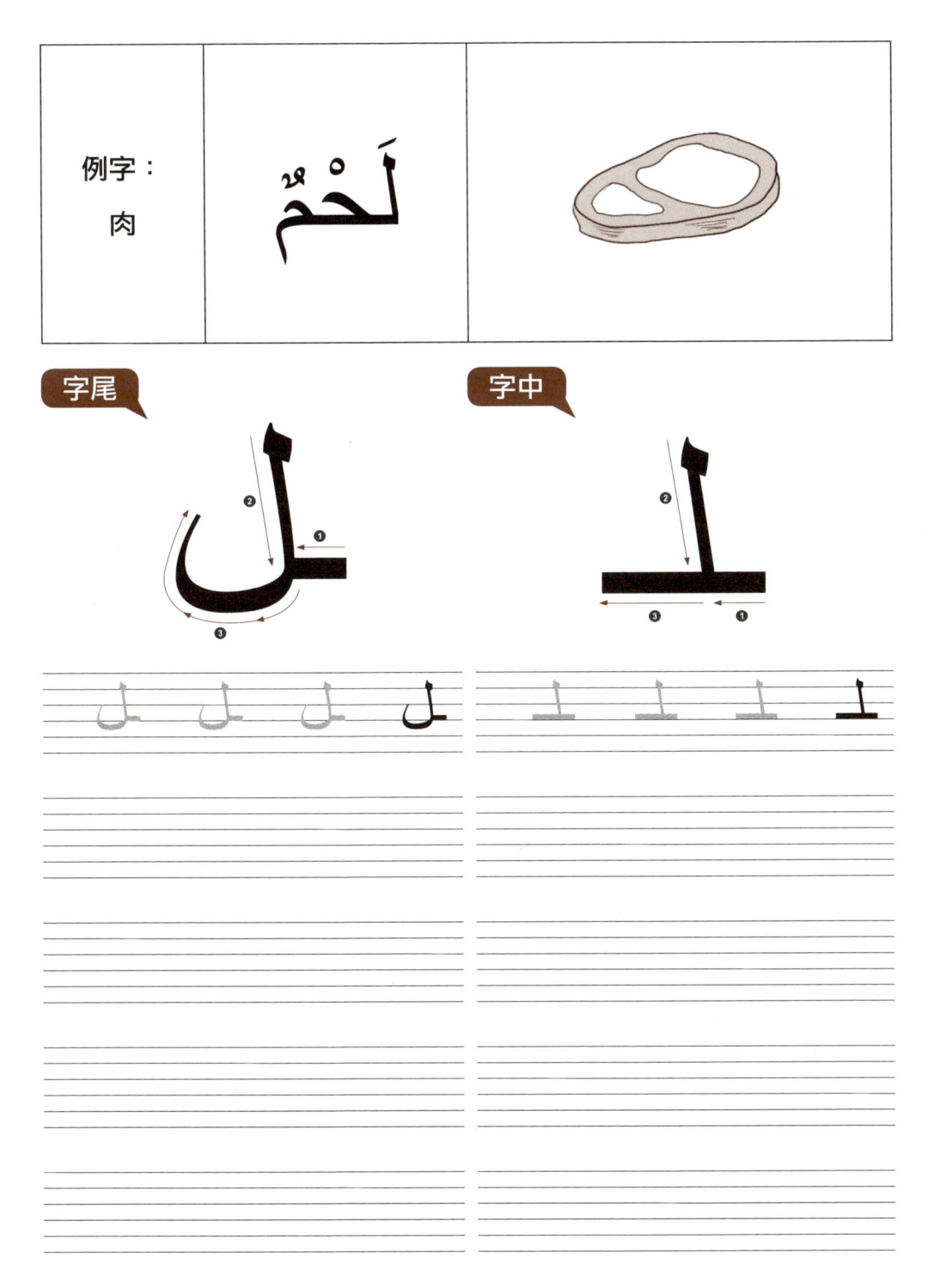

例字： 肉	لَحْمٌ	

字尾

字中

ـل ـل ـل ـل

ـلـ ـلـ ـلـ ـلـ

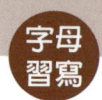

MP3-31

字母名稱	/mīm/	م
字母發音	/m/	

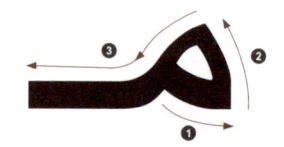

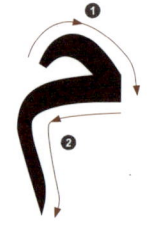

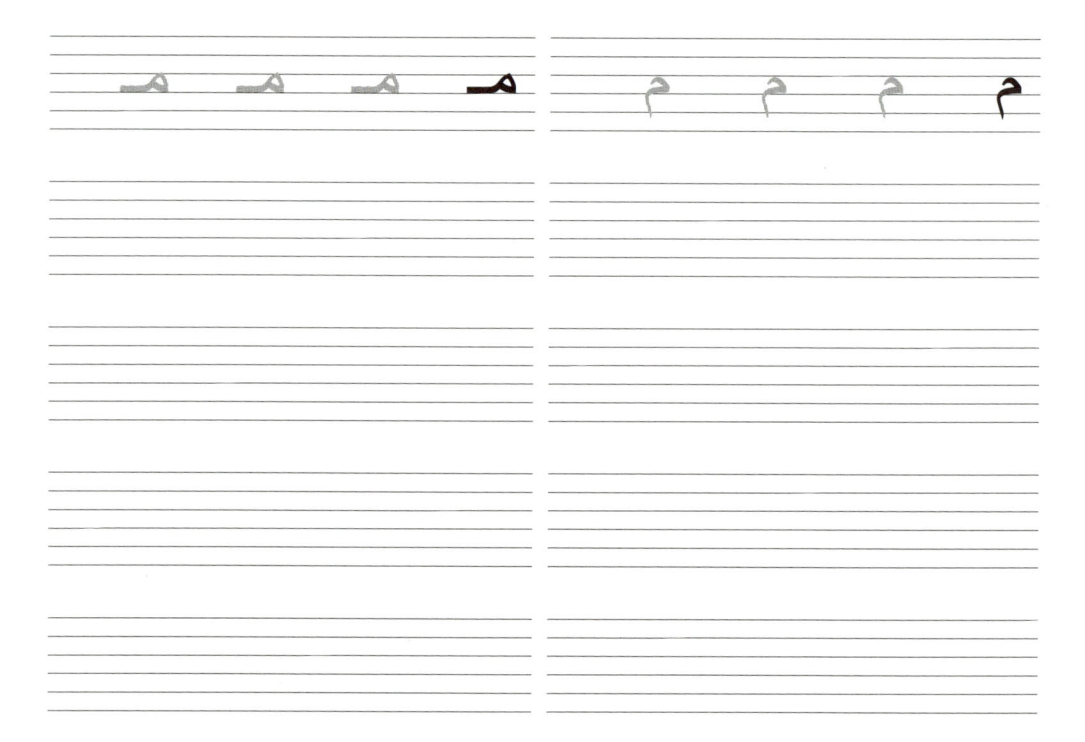

字首

獨立型

مـ مـ مـ مـ

م م م م

例字： 辦公室	مَكْتَبٌ	

字尾

字中

ـم ـم ـم ـم

ـمـ ـمـ ـمـ ـمـ

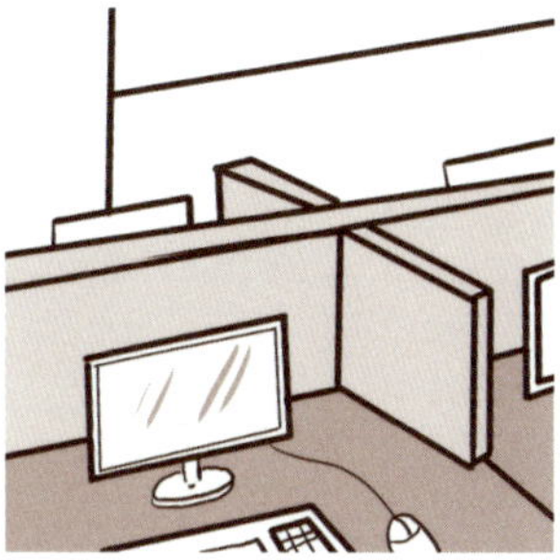

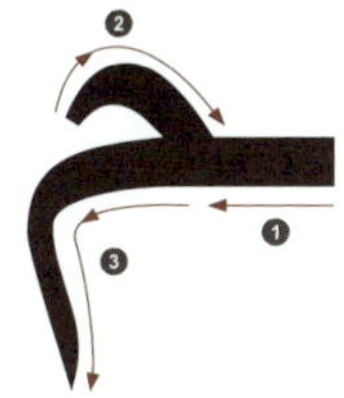

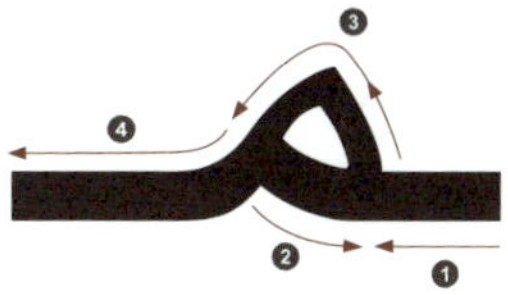

字母習寫

▶ MP3-32

字母名稱	/nūn/
字母發音	/n/

ن

字首

نـ

獨立型

ن

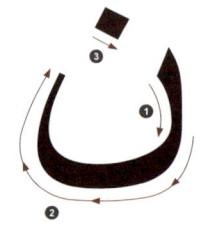

نـ　نـ　نـ　نـ

ن　ن　ن　ن

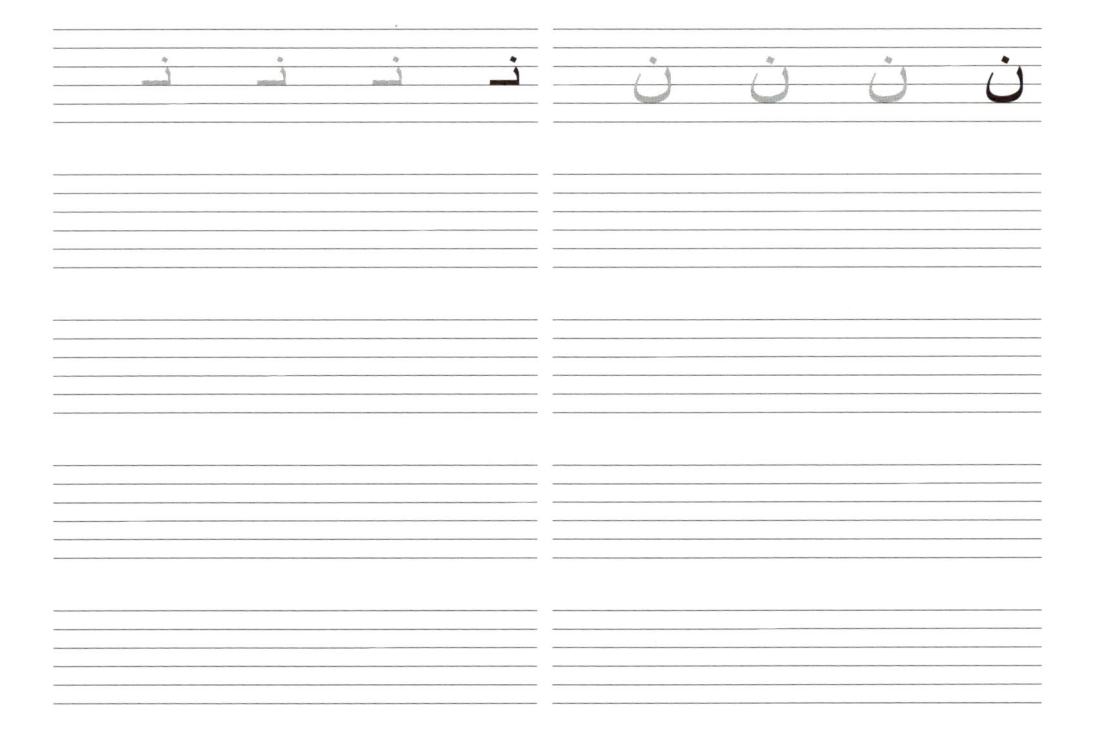

064

例字： 眼鏡	نَظَّارَةٌ	

字尾

字中

ـن ـن ـن ـن

ـنـ ـنـ ـنـ ـنـ

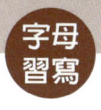

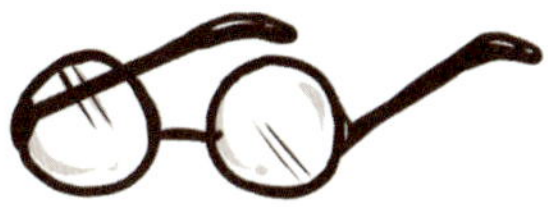

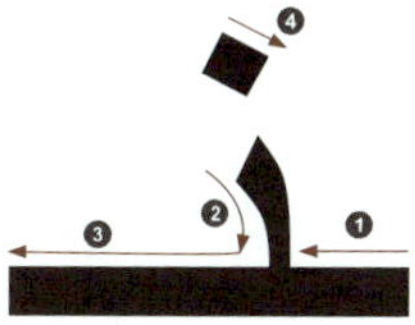

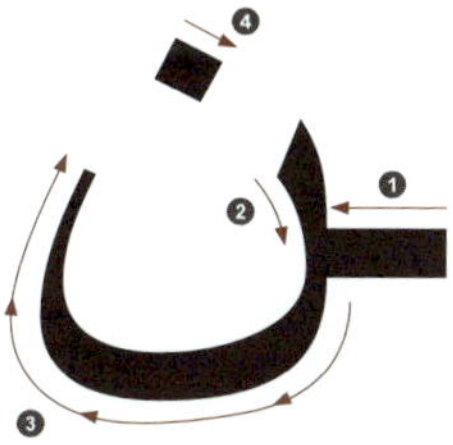

MP3-33

字母名稱	/hāʾ/	ه
字母發音	/h/	

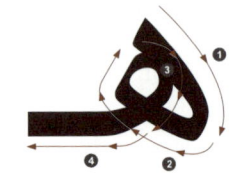

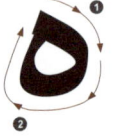

字首

獨立型

ھـ ھـ ھـ ھـ

ه ه ه ه

字母習寫

例字：
他

هُوَ

字尾　　　　　　　字中

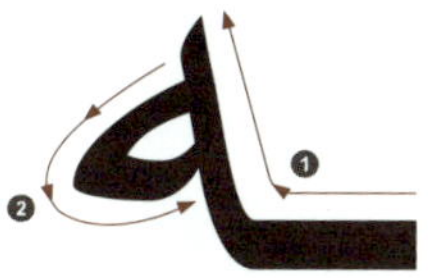

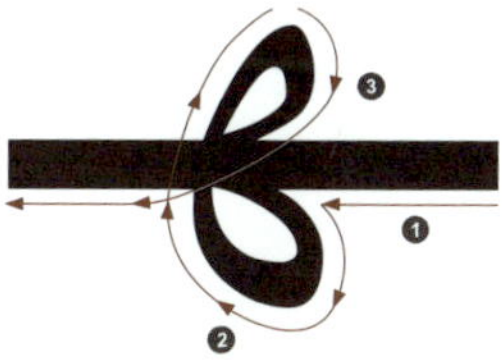

067

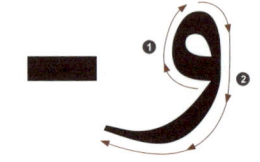

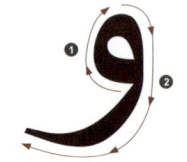

MP3-34

字母名稱	/wāw/	و
字母發音	/w/	

字首

獨立型

ـو ـو ـو ـو

و و و و

字母習寫

例字：紙	وَرَقَةٌ	

字尾　　　　　　　　　　　**字中**

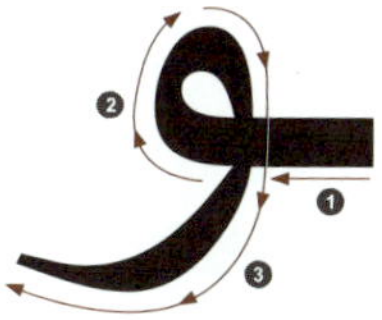

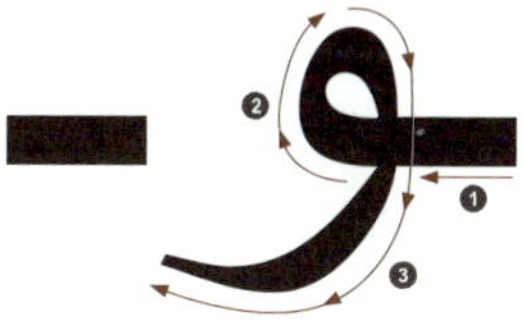

ـو　　　　　　　ـوـ

字母習寫

▶ MP3-35

字母名稱	/yā'/
字母發音	/y/

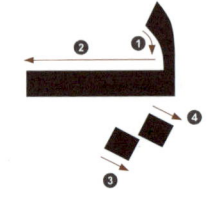

ي

字首

ﻳ

獨立型

ي

ﻳ ﻳ ﻳ ﻳ

ي ي ي

070

例字： 手	يَدٌ	

字尾

字中

ـي ـي ـي ـي

ـيـ ـيـ ـيـ ـيـ

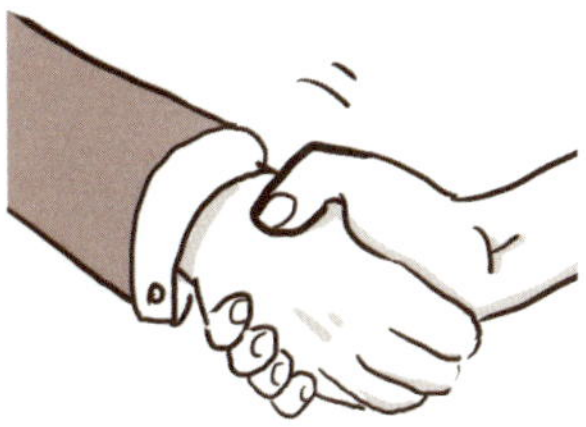

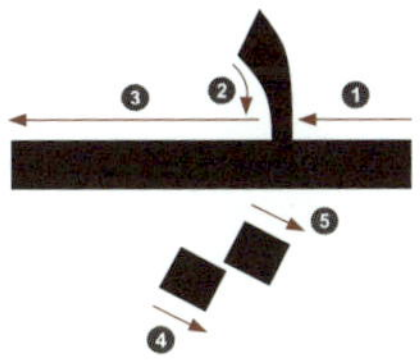

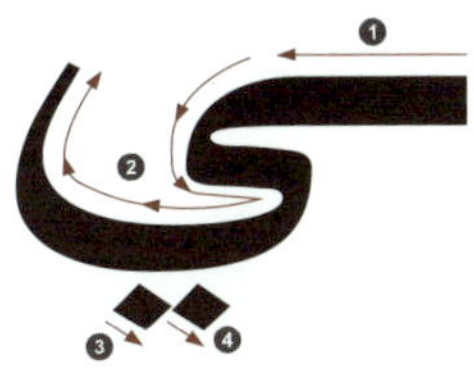

الوَطَنُ العَرَبِيُّ
阿拉伯國家

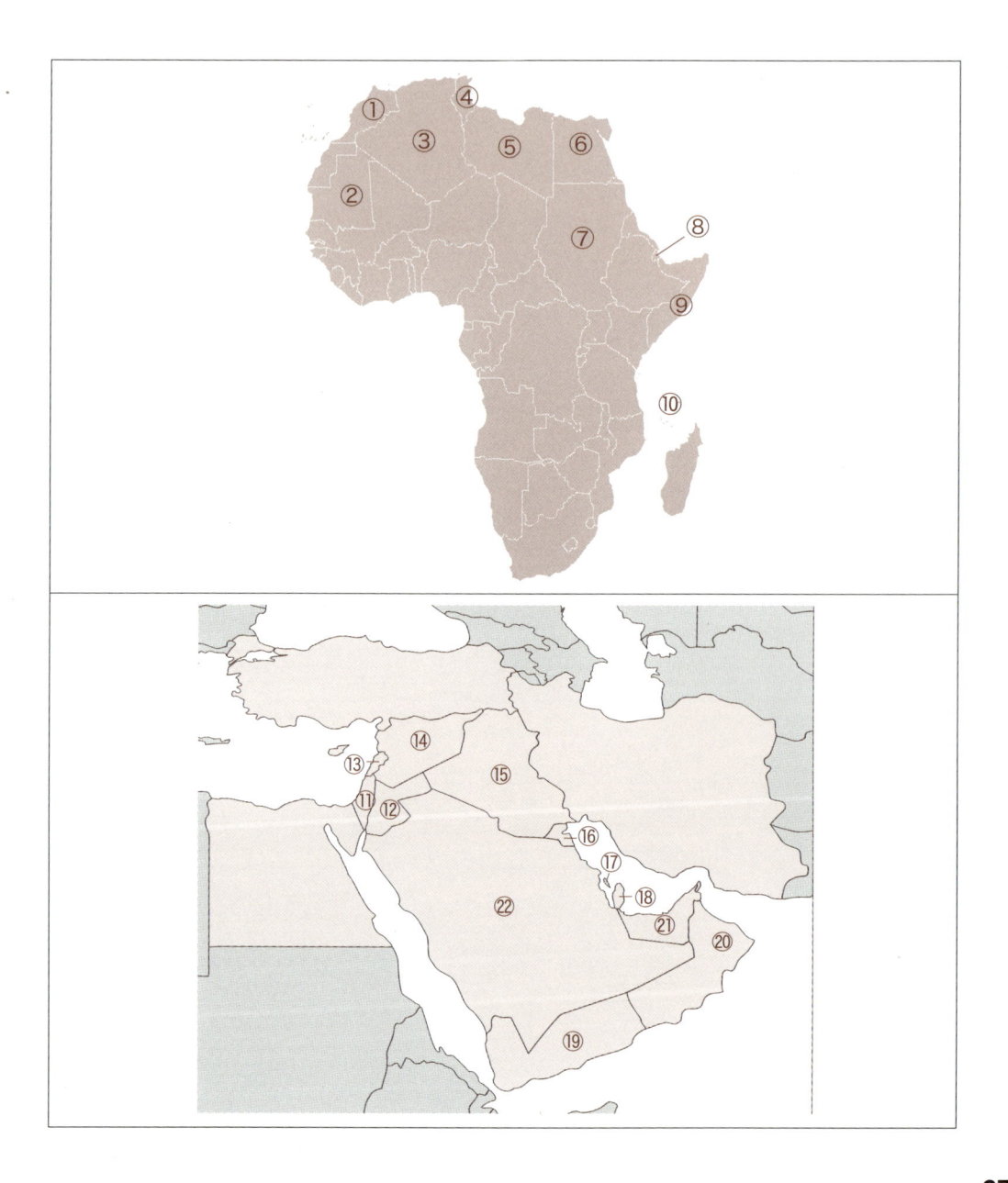

6- مِصْرُ（埃及） 7- السُّودَانُ（蘇丹） 8- جِيبُوتِي（吉布地） 9- الصُّومَالُ（索馬利亞） 10- جُزُرُ القُمُرِ（葛摩群島）	1- المَغْرِبُ（摩洛哥） 2- مُورِيتَانِيا（茅利塔尼亞） 3- الجَزَائِرُ（阿爾及利亞） 4- تُونِسُ（突尼西亞） 5- لِيبِيَا（利比亞）
17- البَحْرَينُ（巴林） 18- قَطَرُ（卡達） 19- اليَمَنُ（葉門） 20- سَلْطَنَةُ عُمَانَ（歐曼蘇丹國） 21- الإِمَارَاتُ العَرَبِيَّةُ المُتَّحِدَةُ（阿拉伯聯合大公國） 22- المَمْلَكَةُ العَرَبِيَّةُ السُّعُودِيَّةُ（沙烏地阿拉伯）	11- فِلَسْطِينُ（巴勒斯坦） 12- الأُرْدُنُ（約旦） 13- لُبْنَانُ（黎巴嫩） 14- سُورِيَا（敘利亞） 15- العِرَاقُ（伊拉克） 16- الكُوَيتُ（科威特）

P074～P117的錄音內容採先水平，後垂直的方式。以P074、P075內容為例，會先聽到P074的摩洛哥，其次是P075同一排的茅利塔尼亞；當同一排的單字或片語念完後，才會念下一排，因此再來才是P074的阿爾及利亞，最後則是P075的突尼西亞。之後朗讀順序亦同。

MP3-36

اَ + لْ + مَ + غْ + بِ + بُ = **المَغْرِبُ**

المَغْرِبُ　المَغْرِبُ　المَغْرِبُ　المَغْرِبُ

اَ + لْ + جَ + زَ + ا + ئِ + رُ = **الجَزَائِرُ**

الجَزَائِرُ　الجَزَائِرُ　الجَزَائِرُ　الجَزَائِرُ

مُ + و + رِ + ي + تَ + ا + نِ + ي + ا = مُورِيتَانِيا

مُورِيتَانِيا مُورِيتَانِيا مُورِيتَانِيا مُورِيتَانِيا

تُ + و + نِ + سُ = تُونِسُ

تُونِسُ تُونِسُ تُونِسُ تُونِسُ تُونِسُ تُونِسُ

單字習寫

MP3-37

لِ + ي + بِ + يَ + ا = لِيبِيَا

لِيبِيَا لِيبِيَا لِيبِيَا لِيبِيَا لِيبِيَا لِيبِيَا لِيبِيَا لِيبِيَا

اَ + لْ + سُ + و + دَ + ا + نُ = السُّودَانُ

السُّودَانُ السُّودَانُ السُّودَانُ السُّودَانُ

單字
習寫

مِ + صْ + رُ = مِصْرُ

مِصْرُ مِصْرُ مِصْرُ مِصْرُ مِصْرُ مِصْرُ مِصْرُ

جِ + ي + بُ + و + تِ + ي = جِيبُوتِي

جِيبُوتِي جِيبُوتِي جِيبُوتِي جِيبُوتِي جِيبُوتِي

MP3-38

اَ + لْ + صُ + و + مَ + ا + لُ = الصُّومَالُ

الصُّومَالُ الصُّومَالُ الصُّومَالُ الصُّومَالُ

فِ + لَ + سْ + طِ + ي + نُ = فِلَسْطِينُ

فِلَسْطِينُ فِلَسْطِينُ فِلَسْطِينُ فِلَسْطِينُ

جُ + زْ + رُ + ا + لْ + قُ + مُ + رِ = جُزْرُ القُمُرِ

جُزْرُ القُمُرِ جُزْرُ القُمُرِ جُزْرُ القُمُرِ

اَ + لْ + أُ + رْ + دُ + نُ = الأُرْدُنُ

الأُرْدُنُ الأُرْدُنُ الأُرْدُنُ الأُرْدُنُ الأُرْدُنُ

MP3-39

لُ + بْ + نَ + ا + نُ = لُبْنَانُ

لُبْنَانُ لُبْنَانُ لُبْنَانُ لُبْنَانُ لُبْنَانُ لُبْنَانُ

اَ + لْ + عِ + رَ + ا + قُ = العِرَاقُ

العِرَاقُ العِرَاقُ العِرَاقُ العِرَاقُ العِرَاقُ

س + و + ر + ي + ا = سُورِيَا

سُورِيَا سُورِيَا سُورِيَا سُورِيَا سُورِيَا

ا + ل + ك + و + ي + ت = الكُوَيتُ

الكُوَيتُ الكُوَيتُ الكُوَيتُ الكُوَيتُ الكُوَيتُ

> MP3-40

اَ + لْ + بَ + حْ + رَ + ي + نُ = البَحْرَينُ

البَحْرَينُ   البَحْرَينُ   البَحْرَينُ   البَحْرَينُ

اَ + لْ + يَ + مَ + نُ = اليَمَنُ

اليَمَنُ   اليَمَنُ   اليَمَنُ   اليَمَنُ   اليَمَنُ   اليَمَنُ

082

قَ + طَ + رُ = قَطَرُ

قَطَرُ　قَطَرُ　قَطَرُ　قَطَرُ　قَطَرُ　قَطَرُ

سَ + لْ + طَ + نَ + ةُ + عُ + مَ + ا + نَ = سَلْطَنَةُ عُمَانَ

سَلْطَنَةُ عُمَانَ　سَلْطَنَةُ عُمَانَ　سَلْطَنَةُ عُمَانَ

MP3-41

اَ + لْ + إِ + مَ + ا + رَ + ا + ثُ اَ + لْ + عَ + رَ + بِ + يْ + يَ + ةُ اَ + لْ + مُ + تْ + تَ + حِ + دَ + ةُ =

الإِمَارَاتُ العَرَبِيَّةُ المُتَّحِدَةُ

الإِمَارَاتُ العَرَبِيَّةُ المُتَّحِدَةُ

الإِمَارَاتُ العَرَبِيَّةُ المُتَّحِدَةُ

اَ + لْ + مَ + مْ + لَ + كَ + ةُ اَ + لْ + عَ + رَ + بِ + يْ + يَ

+ ةُ اَ + لْ + سُ + عُ + و + دِ + يْ + يَ + ةُ =

المَمْلَكَةُ العَرَبِيَّةُ السُّعُودِيَّةُ

المَمْلَكَةُ العَرَبِيَّةُ السُّعُودِيَّةُ

المَمْلَكَةُ العَرَبِيَّةُ السُّعُودِيَّةُ

أَفْرَادُ الأُسْرَةِ

家庭成員

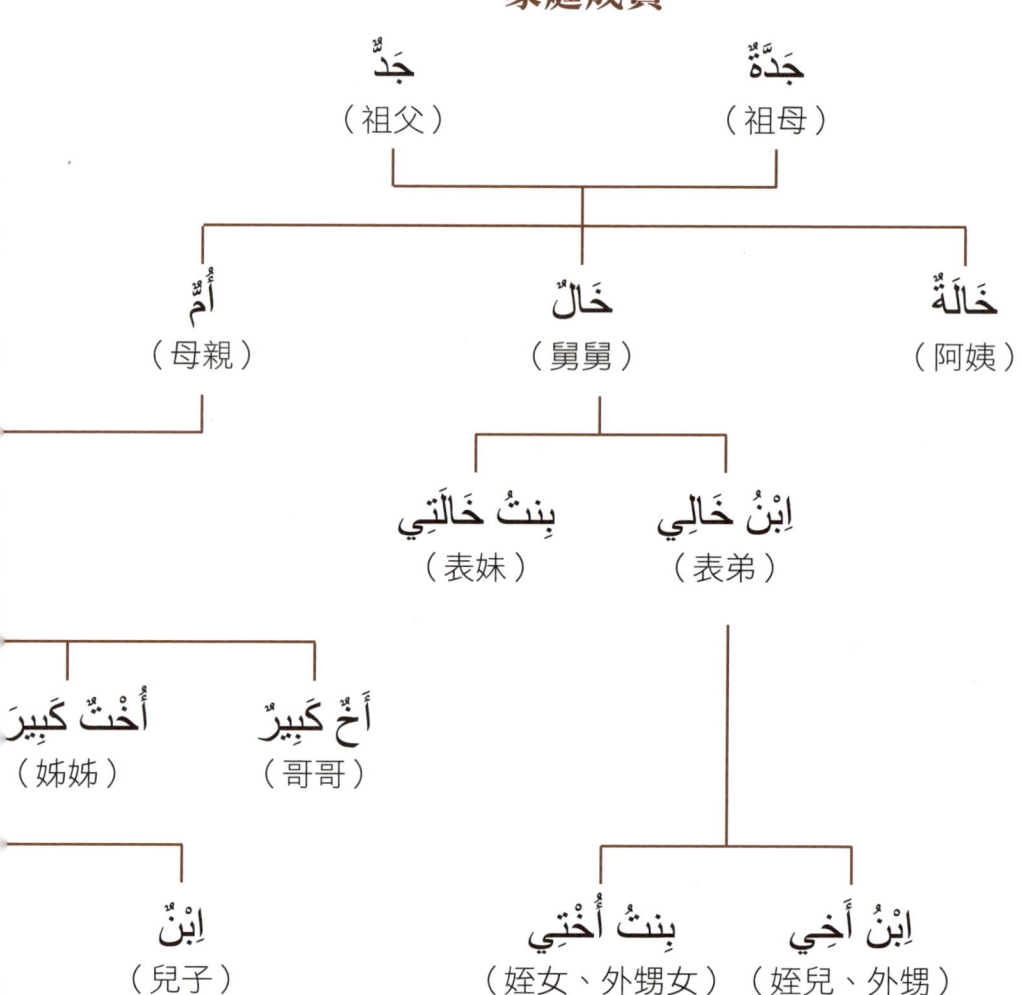

جَدٌّ
（祖父）

جَدَّةٌ
（祖母）

أُمٌّ
（母親）

خَالٌ
（舅舅）

خَالَةٌ
（阿姨）

بِنتُ خَالَتِي
（表妹）

اِبْنُ خَالِي
（表弟）

أُخْتٌ كَبِيرَ
（姊姊）

أَخٌ كَبِيرٌ
（哥哥）

اِبْنٌ
（兒子）

بِنتُ أُخْتِي
（姪女、外甥女）

اِبْنُ أَخِي
（姪兒、外甥）

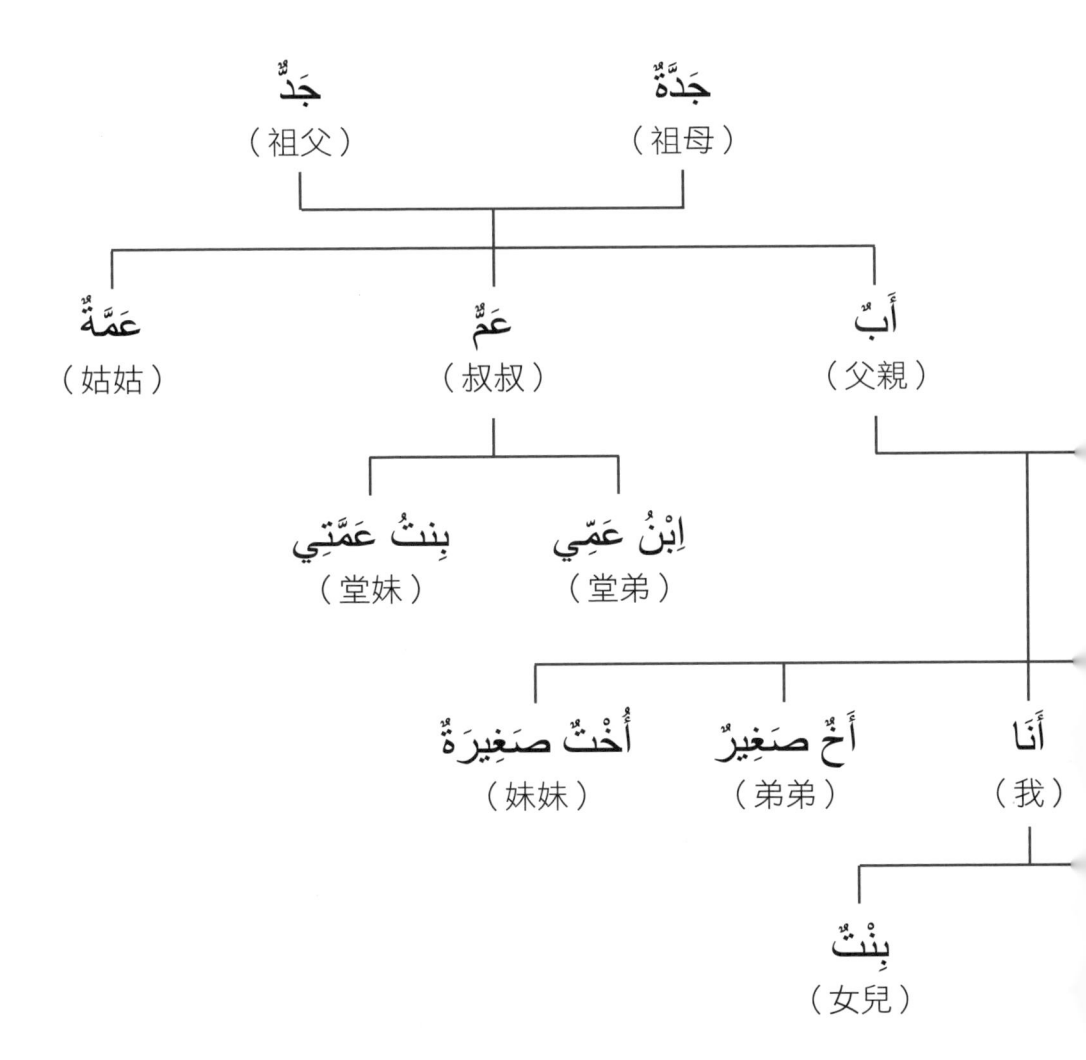

- جَدٌّ（祖父）
- جَدَّةٌ（祖母）
- عَمَّةٌ（姑姑）
- عَمٌّ（叔叔）
- أَبٌ（父親）
- اِبْنُ عَمِّي（堂弟）
- بِنْتُ عَمَّتِي（堂妹）
- أَخٌ صَغِيرٌ（弟弟）
- أُخْتٌ صَغِيرَةٌ（妹妹）
- أَنَا（我）
- بِنْتٌ（女兒）

MP3-42

جَ + دْ + دٌ = جَدٌّ

جَدٌّ جَدٌّ جَدٌّ جَدٌّ جَدٌّ جَدٌّ جَدٌّ جَدٌّ جَدٌّ

أَ + بٌ = أَبٌ

أَبٌ أَبٌ أَبٌ أَبٌ أَبٌ أَبٌ أَبٌ أَبٌ أَبٌ

عَ + مْ + مٌ = عَمٌّ

عَمٌّ عَمٌّ عَمٌّ عَمٌّ عَمٌّ عَمٌّ عَمٌّ عَمٌّ عَمٌّ

單字
習寫

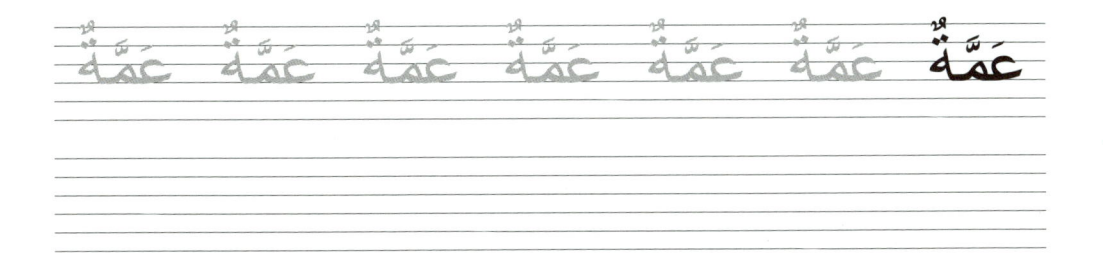

جَ + دْ + دَ + ةٌ = جَدَّةٌ

جَدَّةٌ جَدَّةٌ جَدَّةٌ جَدَّةٌ جَدَّةٌ جَدَّةٌ جَدَّةٌ جَدَّةٌ

أُ + مْ + مٌ = أُمٌّ

أُمٌّ أُمٌّ أُمٌّ أُمٌّ أُمٌّ أُمٌّ أُمٌّ أُمٌّ أُمٌّ أُمٌّ أُمٌّ

عَ + مْ + مَ + ةٌ = عَمَّةٌ

عَمَّةٌ عَمَّةٌ عَمَّةٌ عَمَّةٌ عَمَّةٌ عَمَّةٌ عَمَّةٌ

單字習寫

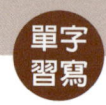

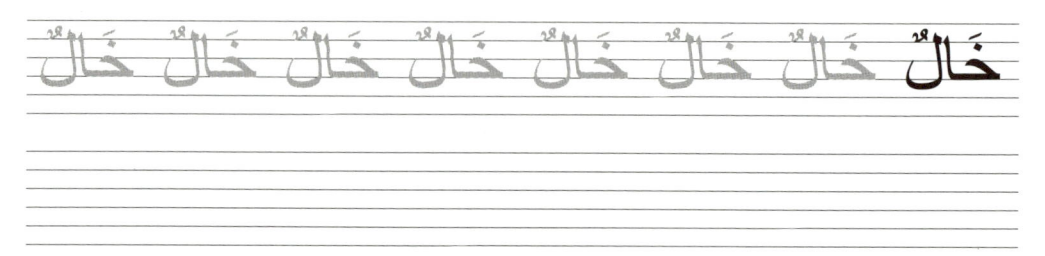

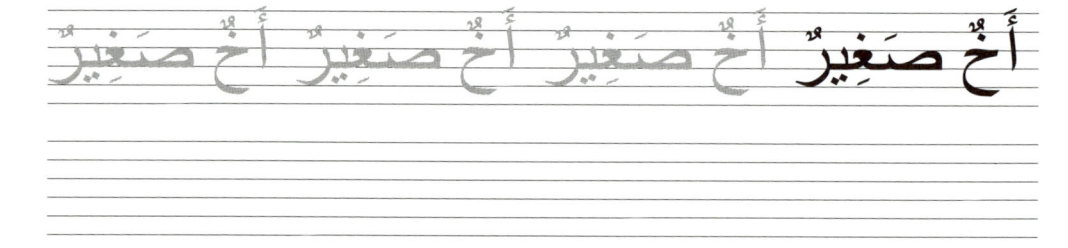

▶ MP3-43

خَ + ا + لٌ = خَالٌ

خَالٌ خَالٌ خَالٌ خَالٌ خَالٌ خَالٌ خَالٌ خَالٌ خَالٌ

أَ + ن + ا = أَنَا

أَنَا أَنَا أَنَا أَنَا أَنَا أَنَا أَنَا أَنَا أَنَا أَنَا

أَ + خْ صَ + غِ + ي + رٌ = أَخْ صَغِيرٌ

أَخْ صَغِيرٌ أَخْ صَغِيرٌ أَخْ صَغِيرٌ أَخْ صَغِيرٌ أَخْ صَغِيرٌ

單字習寫

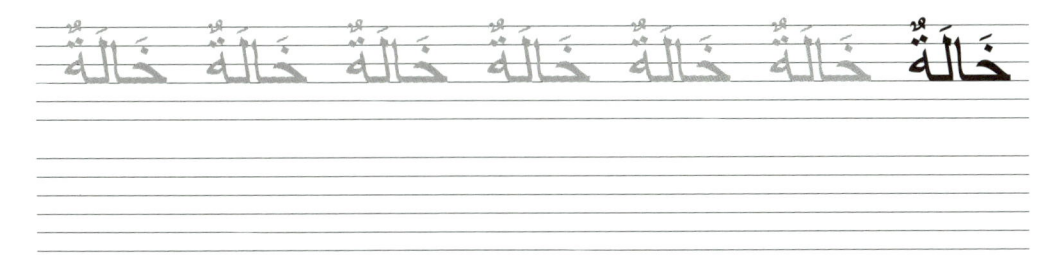

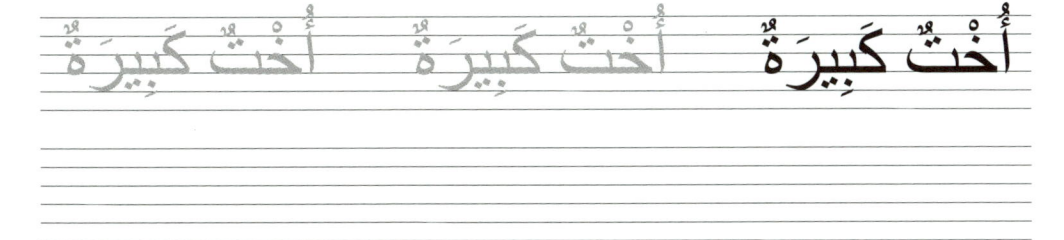

خَ + ا + لَ + ةٌ = خَالَةٌ

خَالَةٌ   خَالَةٌ   خَالَةٌ   خَالَةٌ   خَالَةٌ   خَالَةٌ

أَ + خْ + كَ + بِ + ي + رٌ = أَخْ كَبِيرٌ

أَخْ كَبِيرٌ   أَخْ كَبِيرٌ   أَخْ كَبِيرٌ   أَخْ كَبِيرٌ

أَ + خْ + تٌ + كَ + بِ + ي + رَ + ةٌ = أُخْتٌ كَبِيرَةٌ

أُخْتٌ كَبِيرَةٌ   أُخْتٌ كَبِيرَةٌ   أُخْتٌ كَبِيرَةٌ

MP3-44

أُ + خْ + تٌ صَ + غِ + ي + رَ + ةٌ = أُخْتٌ صَغِيرَةٌ

أُخْتٌ صَغِيرَةٌ أُخْتٌ صَغِيرَةٌ أُخْتٌ صَغِيرَةٌ

بِ + نْ + تٌ = بِنْتٌ

بِنْتٌ بِنْتٌ بِنْتٌ بِنْتٌ بِنْتٌ بِنْتٌ بِنْتٌ بِنْتٌ

بِ + نْ + تُ عَ + مْ + مَ + تِ + ي = بِنْتُ عَمَّتِي

بِنْتُ عَمَّتِي بِنْتُ عَمَّتِي بِنْتُ عَمَّتِي

單字習寫

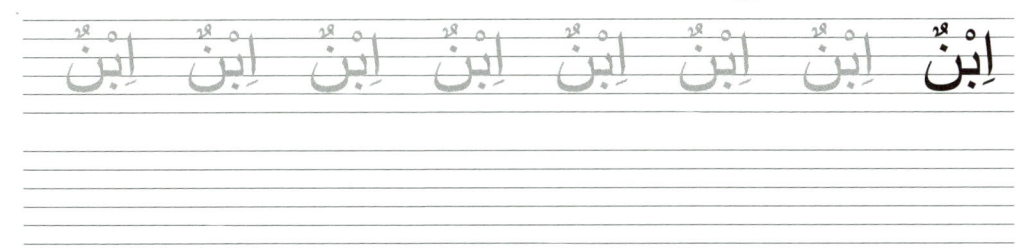

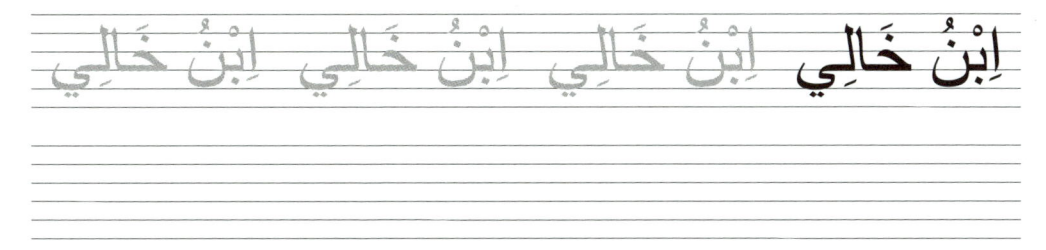

اِ + بْ + نُ = اِبْنُ

اِبْنُ اِبْنُ اِبْنُ اِبْنُ اِبْنُ اِبْنُ اِبْنُ اِبْنُ

اِ + بْ + نُ عَ + مْ + مِ + ي = اِبْنُ عَمِّي

اِبْنُ عَمِّي اِبْنُ عَمِّي اِبْنُ عَمِّي اِبْنُ عَمِّي

اِ + بْ + نُ خَ + ا + لِ + ي = اِبْنُ خَالِي

اِبْنُ خَالِي اِبْنُ خَالِي اِبْنُ خَالِي اِبْنُ خَالِي

MP3-45

ب+نْ+ثُ خَ+ا+لَ+تِ+ي = بِنْتُ خَالَتِي

بِنْتُ خَالَتِي بِنْتُ خَالَتِي بِنْتُ خَالَتِي

اِ+بْ+نُ أَ+خِ+ي = اِبْنُ أَخِي

اِبْنُ أَخِي اِبْنُ أَخِي اِبْنُ أَخِي اِبْنُ أَخِي

بِ+نْ+تُ أُ+خْ+تِ+ي = بِنْتُ أُخْتِي

بِنْتُ أُخْتِي بِنْتُ أُخْتِي بِنْتُ أُخْتِي

الْمُلَاحَظَاتُ （筆記）

MP3-46

كَ + لْ + بٌ = كَلْبٌ （狗）

كَلْبٌ كَلْبٌ كَلْبٌ كَلْبٌ كَلْبٌ كَلْبٌ

عُ+صْ+فُ+و+رٌ = عُصْفُورٌ （麻雀）

عُصْفُورٌ عُصْفُورٌ عُصْفُورٌ عُصْفُورٌ

أَ + رْ + نَ + بٌ = أَرْنَبٌ （兔子）

أَرْنَبٌ أَرْنَبٌ أَرْنَبٌ أَرْنَبٌ أَرْنَبٌ

單字習寫

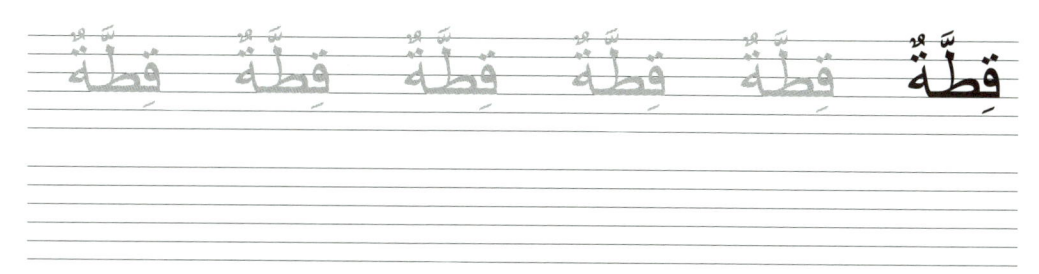

（動物）

قِطَّةٌ = ةٌ + طَ + طْ + قِ （貓）

قِطَّةٌ قِطَّةٌ قِطَّةٌ قِطَّةٌ قِطَّةٌ قِطَّةٌ قِطَّةٌ

فَأْرٌ = رٌ + أ + فَ （老鼠）

فَأْرٌ فَأْرٌ فَأْرٌ فَأْرٌ فَأْرٌ فَأْرٌ فَأْرٌ

ثُعْبَانٌ = نٌ + ا + بَ + عْ + ثُ （蛇）

ثُعْبَانٌ ثُعْبَانٌ ثُعْبَانٌ ثُعْبَانٌ ثُعْبَانٌ ثُعْبَانٌ ثُعْبَانٌ

MP3-47

ثَ + عْ + لَ + بٌ = ثَعْلَبٌ （狐狸）

ثَعْلَبٌ ثَعْلَبٌ ثَعْلَبٌ ثَعْلَبٌ ثَعْلَبٌ ثَعْلَبٌ

دِ + ي + كٌ = دِيكٌ （公雞）

دِيكٌ دِيكٌ دِيكٌ دِيكٌ دِيكٌ دِيكٌ دِيكٌ دِيكٌ

بَ + قَ + رَ + ةٌ = بَقَرَةٌ （牛）

بَقَرَةٌ بَقَرَةٌ بَقَرَةٌ بَقَرَةٌ بَقَرَةٌ بَقَرَةٌ

خَ + رُ + و + فٌ = خَرُوفٌ（綿羊）

خَرُوفٌ خَرُوفٌ خَرُوفٌ خَرُوفٌ خَرُوفٌ

قِ + رْ + دٌ = قِرْدٌ（猴子）

قِرْدٌ قِرْدٌ قِرْدٌ قِرْدٌ قِرْدٌ قِرْدٌ قِرْدٌ

خِ + نْ + زِ + ي + رٌ = خِنْزِيرٌ（豬）

خِنْزِيرٌ خِنْزِيرٌ خِنْزِيرٌ خِنْزِيرٌ خِنْزِيرٌ

MP3-48

جَ + مَ + لٌ = جَمَلٌ （駱駝）

جَمَلٌ جَمَلٌ جَمَلٌ جَمَلٌ جَمَلٌ جَمَلٌ جَمَلٌ

زَ + رَ + ا + فَ + ةٌ = زَرَافَةٌ （長頸鹿）

زَرَافَةٌ زَرَافَةٌ زَرَافَةٌ زَرَافَةٌ زَرَافَةٌ

ضِ + فْ + دَ + عٌ = ضِفْدَعٌ （青蛙）

ضِفْدَعٌ ضِفْدَعٌ ضِفْدَعٌ ضِفْدَعٌ ضِفْدَعٌ

單字習寫

الحَيَوَانَاتُ（動物）

خُ + فْ + فَ + ا + شٌ = خُفَّاشٌ （蝙蝠）

خُفَّاشٌ خُفَّاشٌ خُفَّاشٌ خُفَّاشٌ خُفَّاشٌ

تِ + مْ + سَ + ا + حٌ = تِمْسَاحٌ （鱷魚）

تِمْسَاحٌ تِمْسَاحٌ تِمْسَاحٌ تِمْسَاحٌ تِمْسَاحٌ

حِ + صَ + ا + نٌ = حِصَانٌ （馬）

حِصَانٌ حِصَانٌ حِصَانٌ حِصَانٌ حِصَانٌ

單字習寫

▶ MP3-49

مَلْفُوفٌ = مَ + لْ + فُ + و + فٌ （高麗菜）

مَلْفُوفٌ مَلْفُوفٌ مَلْفُوفٌ مَلْفُوفٌ مَلْفُوفٌ

بَطَاطَا = بَ + طَ + ا + طَ + ا （馬鈴薯）

بَطَاطَا بَطَاطَا بَطَاطَا بَطَاطَا بَطَاطَا بَطَاطَا

جَزَرٌ = جَ + زَ + رٌ （紅蘿蔔）

جَزَرٌ جَزَرٌ جَزَرٌ جَزَرٌ جَزَرٌ جَزَرٌ جَزَرٌ

102

單字習寫

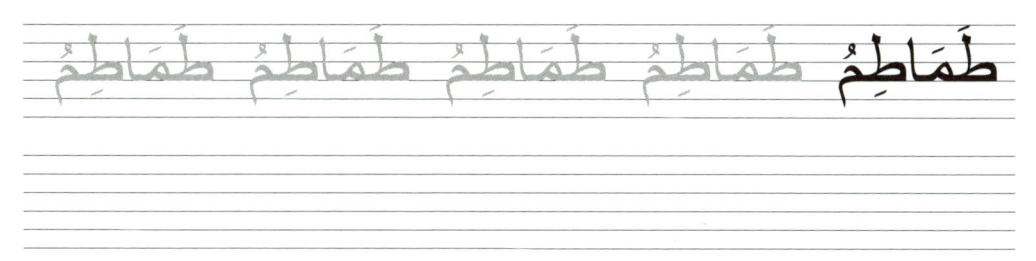

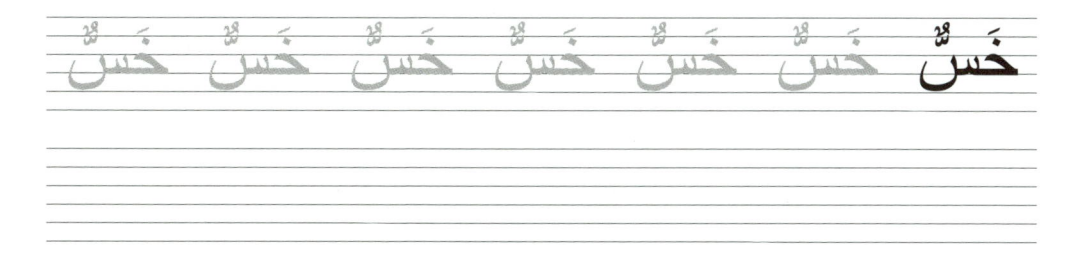

طَمَاطِمُ = طَ + مَ + ا + طِ + مُ （番茄）

طَمَاطِمُ   طَمَاطِمُ   طَمَاطِمُ   طَمَاطِمُ   طَمَاطِمُ

كُزْبَرَةٌ = كُ + زْ + بَ + رَ + ةٌ （香菜）

كُزْبَرَةٌ   كُزْبَرَةٌ   كُزْبَرَةٌ   كُزْبَرَةٌ   كُزْبَرَةٌ

خَسٌّ = خَ + سْ + سٌّ （萵苣）

خَسٌّ   خَسٌّ   خَسٌّ   خَسٌّ   خَسٌّ   خَسٌّ   خَسٌّ   خَسٌّ   خَسٌّ

الخضروات والفواكه （青菜水果）

MP3-50

خِ + يَ + ا + رٌ = خِيَارٌ （小黃瓜）

خِيَارٌ خِيَارٌ خِيَارٌ خِيَارٌ خِيَارٌ خِيَارٌ

تُ + فْ + فَ + ا + حٌ = تُفَّاحٌ （蘋果）

تُفَّاحٌ تُفَّاحٌ تُفَّاحٌ تُفَّاحٌ تُفَّاحٌ تُفَّاحٌ تُفَّاحٌ

فَ + رَ + ا + وْ + لَ + ةٌ = فَرَاوْلَةٌ （草莓）

فَرَاوْلَةٌ فَرَاوْلَةٌ فَرَاوْلَةٌ فَرَاوْلَةٌ فَرَاوْلَةٌ

فُ + لْ + فُ + لٌ أَ + خْ + ضَ + رُ = فُلْفُلٌ أَخْضَرُ（青椒）

فُلْفُلٌ أَخْضَرُ فُلْفُلٌ أَخْضَرُ فُلْفُلٌ أَخْضَرُ

مَ + وْ + زٌ = مَوْزٌ（香蕉）

مَوْزٌ مَوْزٌ مَوْزٌ مَوْزٌ مَوْزٌ مَوْزٌ مَوْزٌ

مِ + شْ + مِ + شٌ = مِشْمِشٌ（杏桃）

مِشْمِشٌ مِشْمِشٌ مِشْمِشٌ مِشْمِشٌ مِشْمِشٌ

MP3-51

جُ + وَ + ا + ف + ةٌ = جُوَافَةٌ （芭樂）

جُوَافَةٌ جُوَافَةٌ جُوَافَةٌ جُوَافَةٌ جُوَافَةٌ جُوَافَةٌ

تُ + و + تٌ أَ + سْ + وَ + دُ = تُوتٌ أَسْوَدُ （桑葚）

تُوتٌ أَسْوَدُ تُوتٌ أَسْوَدُ تُوتٌ أَسْوَدُ

كَ + ا + كَ + ا = كَاكَا （柿子）

كَاكَا كَاكَا كَاكَا كَاكَا كَاكَا كَاكَا

الخضْراوات والفواكِهُ（青菜水果）

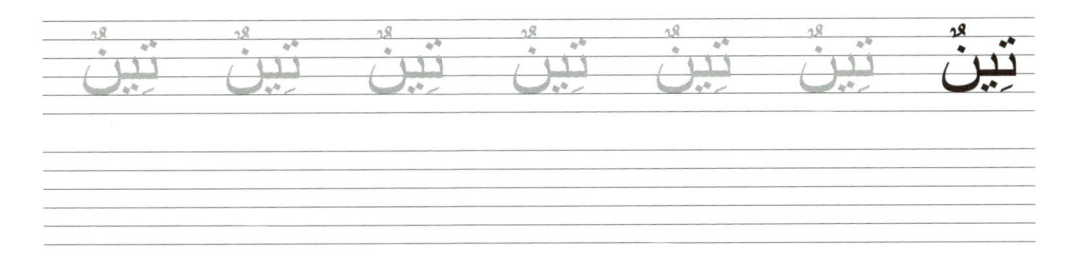

تِ + ي + نٌ = تِينٌ （無花果）

تِينٌ تِينٌ تِينٌ تِينٌ تِينٌ تِينٌ تِينٌ

بُ + رْ + تُ + قَ + ا + لٌ = بُرْتُقَالٌ （柳橙）

بُرْتُقَالٌ بُرْتُقَالٌ بُرْتُقَالٌ بُرْتُقَالٌ بُرْتُقَالٌ

رُ + مْ + مَ + ا + نٌ = رُمَّانٌ （石榴）

رُمَّانٌ رُمَّانٌ رُمَّانٌ رُمَّانٌ رُمَّانٌ رُمَّانٌ

MP3-52

اَ + لْ + سَ + لَ + ا + مُ عَ + لَ + يْ + كُ + م =

السَّلَامُ عَلَيْكُمْ!

（問候－你好！）

السَّلَامُ عَلَيْكُمْ السَّلَامُ عَلَيْكُمْ السَّلَامُ عَلَيْكُمْ

صَ + بَ + ا + حُ اَ + لْ + خَ + ي + رِ =

صَبَاحُ الخَيرِ!

（問候－早安！）

صَبَاحُ الخَيرِ صَبَاحُ الخَيرِ صَبَاحُ الخَيرِ

句子習寫

وَ + عَ + لَ + يْ + كُ + مْ اَ + لْ + سَ + لَ + ا + مُ =

وَعَلَيْكُم السَّلَامُ!

（回覆－你好！）

وَعَلَيْكُم السَّلَامُ وَعَلَيْكُم السَّلَامُ

صَ + بَ + ا + حُ اَ + لْ + نُ + و + رِ =

صَبَاحُ النُّورِ!

（回覆－早安！）

صَبَاحُ النُّورِ صَبَاحُ النُّورِ صَبَاحُ النُّورِ

MP3-53

مَ + سَ + ا + ءُ اَ + لْ + خَ + يْ + رِ =

مَسَاءُ الْخَيْرِ!

（問候－午安！）

مَسَاءُ الْخَيْرِ　مَسَاءُ الْخَيْرِ　مَسَاءُ الْخَيْرِ

كَ + يْ + فَ حَ + ا + لُ + كِ؟ =

كَيْفَ حَالُكِ؟

（妳好嗎？）

كَيْفَ حَالُكِ؟　كَيْفَ حَالُكِ　كَيْفَ حَالُكِ

مَ + سَ + ا + ءُ اَ + لْ + نُّ + و + رِ =

مَسَاءُ النُّورِ! （回覆－午安！）

مَسَاءُ النُّورِ مَسَاءُ النُّورِ مَسَاءُ النُّورِ

أَ + نَ + ا بِ + خَ + يْ + رٍ، وَ + اَ + لْ + حَ + مْ + دُ لِ + اَ + لْ + لَ + هِ =

أَنَا بِخَيْرٍ، وَالْحَمْدُ لِلَّهِ! （我很好，感謝真主！）

أَنَا بِخَيْرٍ، وَالْحَمْدُ لِلَّهِ أَنَا بِخَيْرٍ، وَالْحَمْدُ لِلَّهِ

MP3-54

مَ + ا اِ + سْ + مُ + كَ؟ =

مَا اسْمُكَ؟ （你叫什麼名字？）

مَا اسْمُكَ؟ مَا اسْمُكَ مَا اسْمُكَ

شُ + كْ + رً + ا = شُكْرًا. （謝謝。）

شُكْرًا شُكْرًا شُكْرًا شُكْرًا شُكْرًا

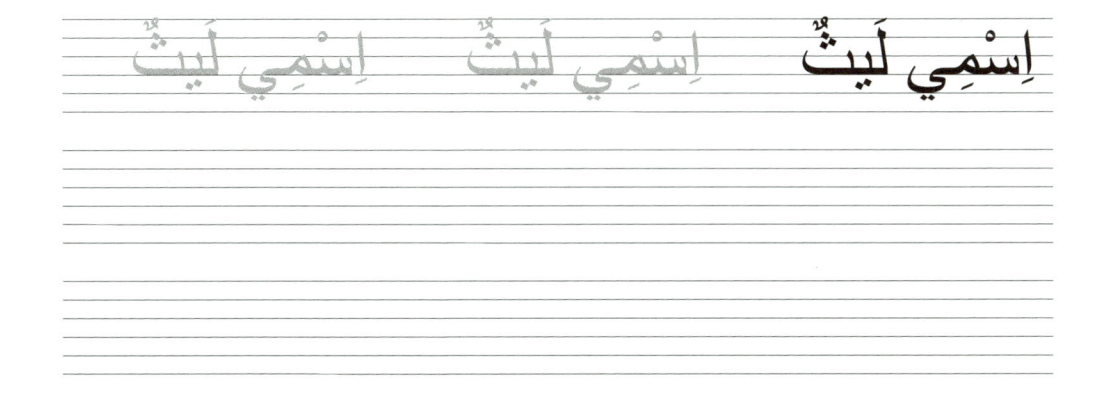

اِ + سْ + مِ + ي + لَ + ي + ثٌ =

اِسْمِي لَيْثٌ. （我叫做雷斯。）

اِسْمِي لَيْثٌ اِسْمِي لَيْثٌ اِسْمِي لَيْثٌ

عَ + فْ + وً + ا = عَفْوًا. （不客氣。）

عَفْوًا عَفْوًا عَفْوًا عَفْوًا عَفْوًا عَفْوًا

MP3-55

أَ + نَ + ا مَ + رِ + ي + ضٌ = **أَنَا مَرِيضٌ.**

（我生病了。）

أَنَا مَرِيضٌ　　أَنَا مَرِيضٌ　　أَنَا مَرِيضٌ

عِ + ي + دُ مِ + ي + لَ + ا + دِ + كَ سَ + عِ + ي + دٌ =

عِيدُ مِيلَادِكَ سَعِيدٌ！（生日快樂！）

عِيدُ مِيلَادِكَ سَعِيدٌ　　عِيدُ مِيلَادِكَ سَعِيدٌ

句子
習寫

أَ + نَ + ا أ + ا + سِ + فٌ = **أَنَا آسِفٌ.** （我很抱歉。）

أَنَا آسِفٌ أَنَا آسِفٌ أَنَا آسِفٌ أَنَا آسِفٌ

كُ + لْ + لُ عَ + ا + مٍ وَ + أَ + نْ + تُ + مْ بِ + خَ + يْ + رٍ =

كُلُّ عَامٍ وَأَنْتُم بِخَيْرٍ! （新年快樂！）

كُلُّ عَامٍ وَأَنْتُم بِخَيْرٍ كُلُّ عَامٍ وَأَنْتُم بِخَيْرٍ

MP3-56

أَ + هْ + لً + ا وَ + سَ + هْ + لً + ا = أَهْلًا وَسَهْلًا!

（歡迎！）

أَهْلًا وَسَهْلًا أَهْلًا وَسَهْلًا أَهْلًا وَسَهْلًا

هَ + يْ + يَ + ا بِ + نَ + ا = هَيَّا بِنَا!

（我們走吧！）

هَيَّا بِنَا هَيَّا بِنَا هَيَّا بِنَا هَيَّا بِنَا هَيَّا بِنَا

مَ + رْ + حَ + بً + ا = **مَرْحَبًا!** （歡迎！）

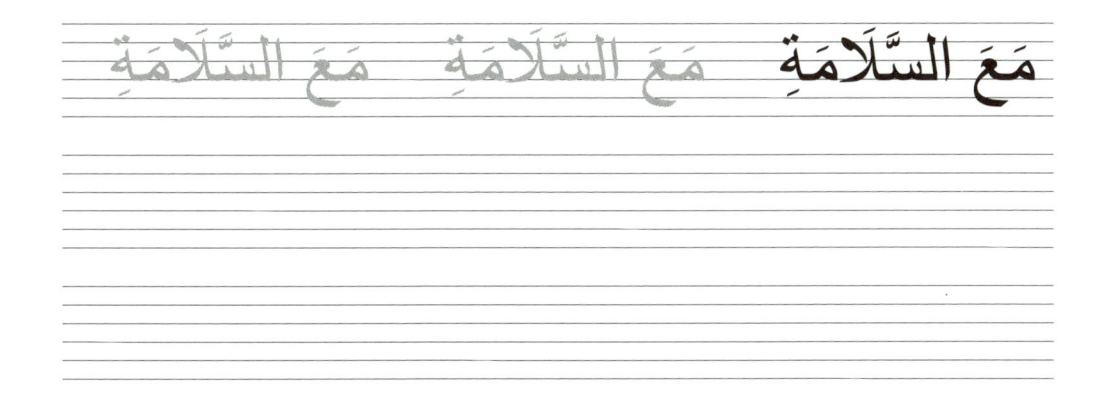

مَرْحَبًا مَرْحَبًا مَرْحَبًا مَرْحَبًا

مَ + عَ اَ + لْ + سَ + لَ + ا + مَ + ةِ = **مَعَ السَّلَامَةِ!**

（再見！）

مَعَ السَّلَامَةِ مَعَ السَّلَامَةِ مَعَ السَّلَامَةِ

MP3-57

السَّلَامُ عَلَيْكُم، اِسْمِي لَيْلَى.

（你們好，我叫蕾拉。）

السَّلَامُ عَلَيْكُم، اِسْمِي لَيْلَى

السَّلَامُ عَلَيْكُم، اِسْمِي لَيْلَى

句子習寫

أَتَكَلَّمُ اللُّغَةَ العَرَبِيَّةَ.

（我學阿拉伯語。）

أَتَكَلَّمُ اللُّغَةَ العَرَبِيَّةَ

أَتَكَلَّمُ اللُّغَةَ العَرَبِيَّةَ

حياتي（我的生活）

MP3-58

أَتَكَلَّمُ اللُّغَةَ العَرَبِيَّةَ كُلَّ يَومٍ.

（我每天說阿拉伯語。）

أَتَكَلَّمُ اللُّغَةَ العَرَبِيَّةَ كُلَّ يَومٍ.

أَتَكَلَّمُ اللُّغَةَ العَرَبِيَّةَ كُلَّ يَومٍ.

اللُّغَةُ العَرَبِيَّةُ لُغَةٌ جَمِيلَةٌ.

（阿拉伯語是一門美麗的語言。）

اللُّغَةُ العَرَبِيَّةُ لُغَةٌ جَمِيلَةٌ.

اللُّغَةُ العَرَبِيَّةُ لُغَةٌ جَمِيلَةٌ.

MP3-59

أَسْكُنُ فِي مَدِينَةِ تَايْبَيْهَ.

（我住在臺北市。）

أَسْكُنُ فِي مَدِينَةِ تَايْبَيْهَ

أَسْكُنُ فِي مَدِينَةِ تَايْبَيْهَ

句子習寫

أَسْكُنُ مَعَ أَفْرَادِ أُسْرَتِي.

（我和家人住在一起。）

أَسْكُنُ مَعَ أَفْرَادِ أُسْرَتِي

أَسْكُنُ مَعَ أَفْرَادِ أُسْرَتِي

（我的生活）

句子習寫

▶ MP3-60

أُسْرَتِي أُسْرَةٌ صَغِيرَةٌ.

（我的家是個小家庭。）

أُسْرَتِي أُسْرَةٌ صَغِيرَةٌ

أُسْرَتِي أُسْرَةٌ صَغِيرَةٌ

句子習寫

فِي أُسْرَتِي أَرْبَعَةُ أَفْرَادٍ.

（我的家裡有四個人。）

فِي أُسْرَتِي أَرْبَعَةُ أَفْرَادٍ

فِي أُسْرَتِي أَرْبَعَةُ أَفْرَادٍ

（我的生活）

句子習寫

▶ MP3-61

هُم أَبِي، وَأُمِّي، وأُخْتِي الكَبِيرَةُ، وأَنَا.

（他們是父親、母親、姊姊和我。）

هُم أَبِي، وَأُمِّي، وأُخْتِي الكَبِيرَةُ، وأَنَا.

هُم أَبِي، وَأُمِّي، وأُخْتِي الكَبِيرَةُ، وأَنَا.

句子習寫

أَذْهَبُ إِلَى الجَامِعَةِ بِالحَافِلَةِ.

（我搭公車去大學上課。）

أَذْهَبُ إِلَى الجَامِعَةِ بِالحَافِلَةِ

أَذْهَبُ إِلَى الجَامِعَةِ بِالحَافِلَةِ

حَيَاتِي（我的生活）

MP3-62

أَدْرُسُ اللُّغَةَ العَرَبِيَّةَ في الجَامِعَةِ.

（我在大學念阿拉伯文。）

أَدْرُسُ اللُّغَةَ العَرَبِيَّةَ في الجَامِعَةِ

أَدْرُسُ اللُّغَةَ العَرَبِيَّةَ في الجَامِعَةِ

句子習寫

أَدْرُسُ اللُّغَةَ الصِّينِيَّةَ أَيْضًا.

（我也在大學念中文。）

أَدْرُسُ اللُّغَةَ الصِّينِيَّةَ أَيْضًا

أَدْرُسُ اللُّغَةَ الصِّينِيَّةَ أَيْضًا

حَيَاتِي（我的生活）

句子習寫

▶ MP3-63

أَبْقَى فِي الجَامِعَةِ حَتَّى السَّاعَةِ الرَّابِعَةِ.

（我在大學待到四點。）

أَبْقَى فِي الجَامِعَةِ حَتَّى السَّاعَةِ الرَّابِعَةِ

أَبْقَى فِي الجَامِعَةِ حَتَّى السَّاعَةِ الرَّابِعَةِ

句子習寫

أُمَارِسُ الرِّيَاضَةَ بَعْدَ الدَّرْسِ.

（我課後運動。）

أُمَارِسُ الرِّيَاضَةَ بَعْدَ الدَّرْسِ

أُمَارِسُ الرِّيَاضَةَ بَعْدَ الدَّرْسِ

حياتي（我的生活）

131

MP3-64

أَعُودُ إِلَى بَيْتِي بَعْدَ مُمَارَسَةِ الرِّيَاضَةِ.

（運動後，我返家。）

أَعُودُ إِلَى بَيْتِي بَعْدَ مُمَارَسَةِ الرِّيَاضَةِ

أَعُودُ إِلَى بَيْتِي بَعْدَ مُمَارَسَةِ الرِّيَاضَةِ

句子習寫

أَسْتَحِمُّ ثُمَّ أَتَعَشَّى مَعَ أَفْرَادِ أُسْرَتِي.

（沐浴後我和家人共進晚餐。）

أَسْتَحِمُّ ثُمَّ أَتَعَشَّى مَعَ أَفْرَادِ أُسْرَتِي

أَسْتَحِمُّ ثُمَّ أَتَعَشَّى مَعَ أَفْرَادِ أُسْرَتِي

حَيَاتِي（我的生活）

> MP3-65

أُنَظِّفُ الأَسْنَانَ بَعدَ العَشَاءِ مُبَاشَرَةً.

（晚餐後，我立刻刷牙。）

أُنَظِّفُ الأَسْنَانَ بَعدَ العَشَاءِ مُبَاشَرَةً

أُنَظِّفُ الأَسْنَانَ بَعدَ العَشَاءِ مُبَاشَرَةً

句子習寫

ثُمَّ أُرَاجِعُ الدَّرْسَ فِي غُرْفَتِي.

（隨後，我在房間複習功課。）

ثُمَّ أُرَاجِعُ الدَّرْسَ فِي غُرْفَتِي

ثُمَّ أُرَاجِعُ الدَّرْسَ فِي غُرْفَتِي

（我的生活）

▶ MP3-66

أَنَا مُتْعَبَةٌ فِي السَّاعَةِ العَاشِرَةِ.
（十點鐘，我累了。）

أَنَا مُتْعَبَةٌ فِي السَّاعَةِ العَاشِرَةِ

أَنَا مُتْعَبَةٌ فِي السَّاعَةِ العَاشِرَةِ

句子習寫

لِذَلِكَ، أَنَامُ فِي السَّاعَةِ العَاشِرَةِ.

（因此，我十點就寢。）

لِذَلِكَ، أَنَامُ فِي السَّاعَةِ العَاشِرَةِ

لِذَلِكَ، أَنَامُ فِي السَّاعَةِ العَاشِرَةِ

（我的生活）

MP3-67

أَقُومُ مِنَ النَّومِ فِي السَّاعَةِ الخَامِسَةِ وَالنِّصْفِ.

（我五點半起床。）

أَقُومُ مِنَ النَّومِ فِي السَّاعَةِ الخَامِسَةِ وَالنِّصْفِ

أَقُومُ مِنَ النَّومِ فِي السَّاعَةِ الخَامِسَةِ وَالنِّصْفِ

句子習寫

يُجَهِّزُ لِي أَبِي الفَطُورَ اللَّذِيذَ.

（家父為我準備可口的早餐。）

يُجَهِّزُ لِي أَبِي الفَطُورَ اللَّذِيذَ

يُجَهِّزُ لِي أَبِي الفَطُورَ اللَّذِيذَ

（我的生活）

MP3-68

ثُمَّ أَنْطَلِقُ إِلَى الجَامِعَةِ بَعْدَ الفَطُورِ.

（用完早餐後，我啟程前往大學。）

ثُمَّ أَنْطَلِقُ إِلَى الجَامِعَةِ بَعْدَ الفَطُورِ

ثُمَّ أَنْطَلِقُ إِلَى الجَامِعَةِ بَعْدَ الفَطُورِ

句子習寫

لَقَدْ بَدَأَ يَوْمٌ آخَرُ مِنْ جَدِيدٍ.

（日子又重新開始了。）

لَقَدْ بَدَأَ يَوْمٌ آخَرُ مِنْ جَدِيدٍ

لَقَدْ بَدَأَ يَوْمٌ آخَرُ مِنْ جَدِيدٍ

حَيَاتِي （我的生活）

MP3-69

أَنَا مَشْغُولٌ بِالدِّرَاسَةِ طِيلَةَ اليَوْمِ.

（我一整天忙著念書。）

أَنَا مَشْغُولٌ بِالدِّرَاسَةِ طِيلَةَ اليَوْمِ

أَنَا مَشْغُولٌ بِالدِّرَاسَةِ طِيلَةَ اليَوْمِ

وَأَسْتَمْتِعُ بِهَذِهِ الْحَيَاةِ.

（我很享受這樣的生活。）

وَأَسْتَمْتِعُ بِهَذِهِ الْحَيَاةِ

وَأَسْتَمْتِعُ بِهَذِهِ الْحَيَاةِ

MP3-70

أُمَارِسُ الأَنْشِطَةَ التَرْفِيهِيَّةَ في وَقْتِ الفَرَاغِ.

（閒暇時我從事休閒活動。）

أُمَارِسُ الأَنْشِطَةَ التَرْفِيهِيَّةَ في وَقْتِ الفَرَاغِ

أُمَارِسُ الأَنْشِطَةَ التَرْفِيهِيَّةَ في وَقْتِ الفَرَاغِ

أَعْزِفُ الآلَةَ المُوسِيقِيَّةَ، وأَكْتُبُ الخُطُوطَ الصِّينِيَّةَ دَائِمًا.

（我總會演奏樂器、寫書法。）

أَعْزِفُ الآلَةَ المُوسِيقِيَّةَ، وأَكْتُبُ الخُطُوطَ

الصِّينِيَّةَ دَائِمًا

أَعْزِفُ الآلَةَ المُوسِيقِيَّةَ، وأَكْتُبُ الخُطُوطَ

الصِّينِيَّةَ دَائِمًا

MP3-71

أَتَسَلَّقُ الجِبَالَ، وأَسْبَحُ عَلَى شَاطِئِ البَحْرِ أَحْيَانًا.

（偶爾我會爬山、在海邊游泳。）

أَتَسَلَّقُ الجِبَالَ، وأَسْبَحُ عَلَى شَاطِئِ البَحْرِ

أَحْيَانًا

أَتَسَلَّقُ الجِبَالَ، وأَسْبَحُ عَلَى شَاطِئِ البَحْرِ

أَحْيَانًا

بِالإِضَافَةِ إِلَى ذَلِكَ، أَزُورُ المَتَاحِفَ أَيْضًا.

（除此之外，我也參觀博物館。）

بِالإِضَافَةِ إِلَى ذَلِكَ، أَزُورُ المَتَاحِفَ أَيْضًا

بِالإِضَافَةِ إِلَى ذَلِكَ، أَزُورُ المَتَاحِفَ أَيْضًا

MP3-72

أَفْرَادُ أُسْرَتِي وأَنَا نُشَارِكُ في هَذِهِ الأَنْشِطَةِ مَعَ بَعْضٍ قَلِيلًا.

（我和家人很少一起參與這些活動。）

أَفْرَادُ أُسْرَتِي وأَنَا نُشَارِكُ في هَذِهِ الأَنْشِطَةِ
مَعَ بَعْضٍ قَلِيلًا
أَفْرَادُ أُسْرَتِي وأَنَا نُشَارِكُ في هَذِهِ الأَنْشِطَةِ
مَعَ بَعْضٍ قَلِيلًا

句子習寫

يُمَارِسُونَ الهِوَايَاتِ المُفَضَّلَةَ الأُخْرَى.

（他們經營其他的興趣嗜好。）

يُمَارِسُونَ الهِوَايَاتِ المُفَضَّلَةَ الأُخْرَى

يُمَارِسُونَ الهِوَايَاتِ المُفَضَّلَةَ الأُخْرَى

（我的生活）

句子習寫

▶ MP3-73

أَنَا مَسْرُورٌ بِمَعْرِفَتِكُم يا جَمِيعَ القُرَّاءِ الأَعِزَّاءِ.

（親愛的讀者們，很高興認識你們。）

أَنَا مَسْرُورٌ بِمَعْرِفَتِكُم يا جَمِيعَ القُرَّاءِ

أَنَا مَسْرُورٌ بِمَعْرِفَتِكُم يا جَمِيعَ القُرَّاءِ

إِذَنْ، كَيفَ تَقْضُونَ إِجازَتَكُم؟

（那麼，你們如何渡過假期呢？）

إِذَنْ، كَيفَ تَقْضُونَ إِجازَتَكُم

إِذَنْ، كَيفَ تَقْضُونَ إِجازَتَكُم

MP3-74

أَتَمَنَّى لَكُم ولِأُسْرَتِكُم التَّوْفِيقَ.

（祝福你們和你們的家人一切順利。）

أَتَمَنَّى لَكُم ولِأُسْرَتِكُم التَّوْفِيقَ

أَتَمَنَّى لَكُم ولِأُسْرَتِكُم التَّوْفِيقَ

أَسْعَدَ اللّٰهُ أَوْقَاتَكُم بِكُلِّ خَيرٍ.

（真主讓你們所有時光福杯滿溢。）

أَسْعَدَ اللّٰهُ أَوْقَاتَكُم بِكُلِّ خَيرٍ

أَسْعَدَ اللّٰهُ أَوْقَاتَكُم بِكُلِّ خَيرٍ

MP3-75

دُمْتُم بِأَلْفِ خَيرٍ.

（願你們常保安康。）

دُمْتُم بِأَلْفِ خَيرٍ

دُمْتُم بِأَلْفِ خَيرٍ

句子習寫

مَعَ السَّلَامَةِ جَمِيعًا.

（各位珍重再見。）

مَعَ السَّلَامَةِ جَمِيعًا

مَعَ السَّلَامَةِ جَمِيعًا

（我的生活）

句子習寫

▶ MP3-76

السَّلَامُ عَلَيْكُم وَرَحْمَةُ اللهِ وَبَرَكَاتُهُ.

（願真主賜與你們平安、慈悲與祝福。）

السَّلَامُ عَلَيْكُم وَرَحْمَةُ اللهِ وَبَرَكَاتُهُ

السَّلَامُ عَلَيْكُم وَرَحْمَةُ اللهِ وَبَرَكَاتُهُ

156

الْمُلَاحَظَاتُ （筆記）

國家圖書館出版品預行編目資料

超入門阿拉伯文字母教室 / 鍾念雩著；
-- 初版 -- 臺北市：瑞蘭國際, 2025.08
160面；17 × 23公分 --（繽紛外語系列；153）
ISBN：978-626-7629-82-6（平裝）
1. CST：阿拉伯語 2. CST：讀本

807.88   114009839

繽紛外語系列153

超入門阿拉伯文字母教室

作者｜鍾念雩
責任編輯｜潘治婷、王愿琦
校對｜鍾念雩、潘治婷

阿拉伯語錄音｜馬若琦（رقية محمود طلب عبد الدين）
錄音室｜采漾錄音製作有限公司
封面設計、版型設計、內文排版｜陳如琪
筆順插畫｜KKDraw
美術插畫｜Syuan Ho

瑞蘭國際出版
董事長｜張暖彗・社長兼總編輯｜王愿琦
編輯部
副總編輯｜葉仲芸・主編｜潘治婷・文字編輯｜劉欣平
設計部主任｜陳如琪
業務部
經理｜楊米琪・主任｜林湲洵・組長｜張毓庭

出版社｜瑞蘭國際有限公司・地址｜台北市大安區安和路一段104號7樓之一
電話｜(02)2700-4625・傳真｜(02)2700-4622・訂購專線｜(02)2700-4625
劃撥帳號｜19914152 瑞蘭國際有限公司
瑞蘭國際網路書城｜www.genki-japan.com.tw

法律顧問｜海灣國際法律事務所　呂錦峯律師

總經銷｜聯合發行股份有限公司・電話｜(02)2917-8022、2917-8042
傳真｜(02)2915-6275、2915-7212・印刷｜科億印刷股份有限公司
出版日期｜2025年08月初版1刷・定價｜299元・ISBN｜978-626-7629-82-6

◎版權所有・翻印必究
◎本書如有缺頁、破損、裝訂錯誤，請寄回本公司更換
PRINTED WITH SOY INK 本書採用環保大豆油墨印製